海南省发展控股有限公司

著

中国广播影视出版社

图书在版编目（CIP）数据

莺歌海之歌 ／ 海南省发展控股有限公司著． -- 北京：
中国广播影视出版社，2022.5（2024.1重印）
ISBN 978-7-5043-8837-7

Ⅰ．①莺… Ⅱ．①海… Ⅲ．①通讯－作品集－中国－
当代 Ⅳ．①I253

中国版本图书馆CIP数据核字（2022）第080697号

莺歌海之歌

海南省发展控股有限公司　著

责任编辑　王　萱　赵之鉴
封面设计　水日方设计
版式设计　水日方设计
责任校对　龚　晨
撰　　稿　高光辉　蔡春华　温东征　滑东勤　臧会彬
　　　　　黄　丹　孙行树　易琳雅　王誉萦
统　　稿　高光辉　蔡春华
历史照片提供　莺歌海盐场党建基地海盐文化馆
风景照片提供　王世忠
折页油画作者　吴坤新
折页油画摄影　孙跃峰

出版发行　中国广播影视出版社
电　　话　010-86093580　010-86093583
社　　址　北京市西城区真武庙二条9号
邮　　编　100045
网　　址　www.crtp.com.cn
电子信箱　crtp8@sina.com

经　　销　全国各地新华书店
印　　刷　三河市同力彩印有限公司

开　　本　710毫米×1020毫米　1/16
字　　数　90（千）字
印　　张　12.5
版　　次　2022年5月第1版　2024年1月第2次印刷

书　　号　ISBN 978-7-5043-8837-7
定　　价　39.80元

序　言

　　这是一本创业先锋的人物回忆录，更是海南国企开展党史学习教育的生动教材。新中国成立后，党领导人民热火朝天地开展社会主义建设的历史是中共党史的重要组成部分。作者的深入采访，三代盐场人倾情讲述，形象地还原了莺歌海盐场创业时期的光荣历程，热情讴歌了盐一代勇于开拓的奋斗精神。

　　他们当中有人民解放军的转业退伍官兵，肩负着开发海南、保卫海南的重任，军装褪色，意志不衰，枪不离手，斗志不改；他们当中有来自城市的勘测设计人员，放弃了繁华的都市生活，跋山涉水，风餐露宿，足迹遍及整个莺歌海，用心血和汗水描绘出建设蓝图；他们当中还有来自当地的民工，祖祖辈辈心怀改变家乡落后面貌的梦想在建设中变成了现实。不畏艰辛，迎难而上，自力更生，艰苦奋斗，他们是一群英雄的儿女。他们凭着一颗红心、一腔热血、一双勤劳的手、一副铁打的肩，实现了"一当十，十当百，要把荒滩变银山"的坚定誓言。三十八平方公里的盐场，草是他们除，路是他们开，场是他们建，树是他们栽，他们是新中国建设时期最可爱的人！

从这些滚烫的真实故事里，我们不仅可以感受他们激情燃烧的峥嵘岁月，更走进了国企老党员老职工的内心世界。"党叫干啥就干啥""永远跟党走"的政治自觉，"舍小家为国家"的思想境界，"任务面前无困难"的豪迈气概，党员带头冲锋陷阵的奉献品格……这些宝贵的精神财富历久弥新、熠熠生辉，需要我们传承，需要我们赓续。

这是一本关于平凡英雄的人生写实，也是鼓舞国企职工奋发有为的励志篇章。住草棚，睡木格子床，吃地瓜皮，"星星当月亮，月亮当太阳""大雨小干，小雨大干，没雨特干"……这是创业者的拼搏日常，也是创业者的冲天豪情。覃师彩迎娶劳动模范，熊春招的寻夫路线图，黄玉楼提前回家煮饭的丈夫……这是创业者的爱情，没有花前月下，却有别样的浪漫。勘探队员吴坤新勘探结束后不回城市留盐场，部队秀才廖国彪主动"降级"当军工，盐二代王希朴深造归来扎根盐场，盐三代龚芷玄从西安外国语大学毕业后毅然选择回盐场工作报效这片热土……三代人作出了同样的人生选择，因为一份深沉的爱。老场长吴玉麟和王庭熙在生命的尽头，依然坚持不肯用药，想到的都是盐场还有困难的职工看不起病……同样是出于深沉的爱，令人泪目。当小我融入大爱，人生意义得到升华；为大爱牺牲小我，其人生格局开阔辽远！

"雄关漫道真如铁，而今迈步从头越。"当下海南自由贸易港建设正如火如荼向前推进，莺歌海盐场、海南控股乃至全省国资系统也进入了一个崭新的发展时期。习近平总书记在庆祝海南建省办经济特区三十周年大会上发表的重要讲话中强调："新形势、新任务、新挑战，赋予经济特区新的历史使命，经济特区要不忘初心、牢记使命，在伟大斗争、伟大工程、伟大事业、伟大梦想中寻找新的方位，把握好新的战略定位。"不忘来时路，砥砺新征程。我们要牢牢把握海南全面深化改革开放和中国特色自由贸易港建设的发展机遇，继承发扬莺歌海盐场自力更生、艰苦奋斗的创业精神，开拓创新、凝聚力量，担重任、当先锋、打头阵，为高质量、高标准建设海南自由贸易港扛起国企担当！

是为序。

2021年12月26日

Contents | **目录**

吴坤新：激情燃烧的岁月

吴坤新，男，1932年生，海南海口人。1955年，23岁在琼山人民检察院工作的他被抽调参加了勘测队，任务是莺歌海盐场建设前的勘察工作。勘察结束后他一直在盐场工作，一待就是一辈子。退休后他将自己对盐场的回忆画成一幅幅的画。

最难忘记的事：莺歌海盐场建设初期的每一天。
最怕想起的事：莺歌海盐场建设初期的每一天。

站在滩涂上说：你好，盐场

"最初的莺歌海是什么样子的？你们为什么会来莺歌海？"

他们，有些人，来了又走了；有些人，来了就不走了。这是一个人、一群人、一个年代的故事。故事要从20世纪50年代莺歌海盐场的初创时期说起。

1955年秋天，海南西部一片30多平方公里的荒凉滩涂上，芦苇荡漾。一群年轻的勘测队员带着好奇和憧憬来到这里。他们徒步翻山越岭，跋山涉水，风餐露宿，足迹遍及整个莺歌海，历尽艰辛。最终在1957年年底，提前完成了测量地形、勘察开钻地质、探测水文等勘察设计任务，绘制完成了建场蓝图。

在吴坤新老人的记忆里，莺歌海盐场占尽了海盐生产的天时地利，它的开发历程充满传奇。无论是日本侵华时期，我国计划开发莺歌海盐场为"东亚第一大盐场"，还是20世纪40年代，国民党政府最终以"此地尚在原始时代，为蛮荒

▶ 勘测队1955年12月投入正式的现场勘测工作，勘探队员披荆斩棘寻找勘探点

之区""边疆开发，备尝艰辛，且冒危险"为由搁浅开发，建设盐场构想都以失败而告终。新中国建立初期，在中国共产党的领导下，一度让人们以为沉睡了的天时地利的"宝地"苏醒了。一支年轻的勘探队伍踏进莺歌海，用短短几年时间就完成了勘探任务，为万人建设大盐田奠定了坚实基础……

1955年11月，一支人数很少的勘测队伍进入莺歌海。当年二十三岁的吴坤新在琼山人民检察院就职，就是在那时他被抽调参加了勘测队。他们的任务是盐场建设前的勘察工作。作为先遣队的成员，他和另外四位同志从三亚坐渔船出发，又步行了很久，直至第二天到达莺歌海。放眼望去，茫茫的芦苇、仙人掌、淤泥、荒滩望不到边际……作为勘测队的一员，他开始投身于测量地形、勘察开钻地质、探测水文等具体工作中。

盐业对自然条件的依赖性大，一颗海盐，历经纳潮、制卤、结晶、采盐、堆坨、过滤等多个环节。如何巧妙地将气候、地理环境与制盐相结合，让大家陷入沉思。大型盐场建设又是一项新的项目，而设计施工更必须有多方面的翔实数据。如果没有一支综合性的勘测队伍，就难以完成盐场全面勘测的重大任务。

"同志们，莺歌海盐场所在的位置和地理条件非常适合建盐场。早在20世纪40年代，国民党政府就曾计划在这里建盐场，但是他们都没有成功。现在只有我们付诸行动，我们要完成盐场前期的勘测设计工作，把它建成中国南方最大的盐场！"在芦苇比人还高的沼泽地里，勘探队的队员激情澎湃，声音在这片荒滩上格外清晰，而他们手中挥舞的，是当年日本人计划建设盐场的图纸。他们后来才知道，原本以为日本人的图纸基本上可以直接用，但是到了莺歌海才发现，好多点位都找不到了，一切都得从头开始。"可是大家都有一股子干劲儿，原本计划三年完成的勘察工作，实际上仅两年左右就完成了"，后来吴坤新回忆道。

海边的草棚——盐场水道口水文站

"最初的时光，你最难忘的是什么？"

莺歌海盐场勘测队，来自各地的不同专业出身的年轻人寥寥无几怎么办？专业勘测队派员边工作边实行业务指导，勘测队友们工作由简到繁，边做边学。"夜里大家讨论的都是老师教的勘测知识"，谈起那时候的日子，吴坤新说，苦却快乐着。"每天的工作是有目标的，每天的知识都是新的"。

一个月后这些年轻人由不懂到懂，由不熟练到熟练，逐步发展成为技术、测量、水文、海测、钻探、试验、统计、行政管理八个专业小组。一百多人的综合性勘测队，直接担负莺歌海盐场繁重的勘测任务，同年12月正式投入现场勘测工作。其勘测内容分为地形测量、土质钻探、气象观测三个类别。

在吴坤新老人晚年的画作中，记录着莺歌海盐场建设与发展的点点滴滴。其中有好几幅不同角度的关于水道口水文站的画。一间茅草房、一片沙滩、一个人、一把观察水尺、一片海，画名为《1956年的莺歌海盐场水道口水文站》——在老人的众多回忆画作中格外亮眼。看着自己的画，20世纪50年代的记忆如水道口的流水一样涌动。

"那段时间真的太难忘了，那是我对莺歌海最初的记忆，我看见过24小时的大海。"那时候的吴坤新和勘测水文的同事们在一个只有帐顶支撑的茅草房。他与同事二十四小时轮流做着水位的记录，每个小时要进行一次水位的刻度标识，无论风雨都不停歇。白天很晒，晚上蚊子很多。有一天夜里，吴坤新值班，下了很大的雨，观测点的茅草房四面透风，雨打进来，让人无处躲藏。"在海边很渴也很饿，每天风吹日晒的，几天下来，大家都变成了'包公'。"那时候的岁月不敢回首，又无法忘记，愈久愈清晰。

就是在这样的环境下，他们完成了预定纳潮、排淡的临海通水地段的潮位观测；场内咸湖水位变化观测；场外注入场内的流枯水期、中水期、洪水期的流速、流量、流向观测；主要通水位置的海边沙滩移动观测等。

那时候的勘测除了水文勘测、气象观测、制盐工艺条件测定与试验，还进行了一定的经济社会调查工作，包括当地人口分布，人民生活水平、土地分布状况、劳动力状况、有关施工建筑材料、交通运输与交通工具，采石场及历史自然情况等。吴坤新和勘测队员们用脚丈量了海南中西部。

1957年3月，莺歌海盐场筹建处共有二百九十九人，他们来自五湖四海。勘测队历经一年多的时间，提前完成了测定

▼1960年，场党委安营扎寨工地办公室

及试验等任务。1957年4月，筹建处已基本完成了莺歌海的现场勘测、工艺试验、土地征用等工作，此时工作中心已转移到加紧设计、提前施工方面。

水肿病的日子也坚决不放弃

"那段日子苦不苦？"

盐场建起来了，可是在那天灾人祸，经济生活非常困难的三年自然灾害时期，新的问题随之产生。盐场的生活条件非常艰苦。"那时候饭都吃不饱，大家就吃野菜、吃糠饼。因为营养不良，大多数人都水肿，小腿肚子一按就是一个窝，但即便是这样的条件，大家照样出满勤、干满工。"吴坤新说，正是因为这股子干劲儿，盐场的产量也逐年攀升。大家同舟共济，互相支持。

吴坤新回忆说，在生活环境极其艰苦的情况下，大家同甘共苦，住草棚睡木桶条，曾一度出现粮食供应紧张，干部职工每月的粮食供应标准开始下降。

那时候的建设者们不仅工作环境恶劣，生活条件也极其艰苦。困难时期工人每人每月粮食30斤（30%为地瓜干），干部每人每月23斤（30%为地瓜干）。为了体现与工人同甘共苦，以实际行动鼓舞工人干劲，在粮食困难时期每个干部会从自己每月的粮食中节约两斤给工人。由于建场是重体力劳动，再加上当时粮食运输和副食品供应极其紧张，建设者们的生活困难程度可想而知。

"那些人中，慢慢地有一些人得了水肿病，每天受着病痛的折磨。"回忆起那些工友们，吴坤新哭了。"什么时候能吃饱？什么时候能吃顿好的？日子怎么这么苦啊？"那段时间，吴坤新经历了饥饿和非正常待遇。

"您为什么不选择回海口呢？"退休后的吴坤新回忆往事经常忍不住流泪。很多人都很好奇，当年作为第一批走进莺歌海的勘探队员的吴坤新来自广东省海口市（现为海南省海口市），也有着不错的工作，为什么勘探结束了要留在那里受苦？他的答案是：如果放弃了，对不起伟大的莺歌海盐场建设者们，对不起勘探时期大伙的青春和热情。莺歌海盐场是在党的领导下，建设者们凭着一颗颗火热的心，一双双勤劳的手，在一片荒滩原野之上创造出来的。"再苦，我也不走。"事实上，他也用自己的一生印证了这句话。

追远——老人的书和油画

"退休后为什么喜欢画画？"

"我只是想记住过去的那段岁月，我的一生所有挚爱的东西、我的悲欢离合，所有的一切都在这里。"

八十九岁的老职工吴坤新收藏的那本《莺歌海盐场场志》早已泛黄，可是每当有重要的客人来的时候，他都会把书拿出来给大家看看。一起拿出来的还有他的画——"莺歌海的纳潮道""莺歌海盐场在建中的滨海大道""莺歌海盐场制卤池""莺歌海盐场收盐一组""莺歌海盐场运盐铁路"……退休后的吴坤新将所有关于莺歌海的记忆和爱画成一幅幅的画，画里收藏着盐场在岁月涤荡里的沧桑变迁，百余张画作记录着盐场从荒地到"银山"的蝶变过程。

每每翻开场志或者提起笔画画，那些悠远的盐事，发生在盐场的点滴往事仿佛再一次浮现在眼前……吴坤新说，忘不了那些风餐露宿、披荆斩棘仅用一年时间就完成勘测的勘探队员们，用双手挖土、推车、伐木的初期建设者们，还有那些从部队转业和退伍的官兵们在祖国南海之滨艰苦奋斗的故事。

"还有忘不了的一个人，那就是我的妻子。"吴坤新的画中，有一幅被他挂在了床头，那就是他画的妻子年轻时候的模样。"她是为了我才到的莺歌海，后来就在盐场做了盐工，做着收盐的工作，将一生付出在这里。她离开后的每一天我都会想她。"吴坤新说，妻子活着的时候在盐场收盐，风吹日晒，回家还要照顾小孩。每每想到此，自己对妻子的愧疚之情都会油然而生。"我们都是将一生付出在了这里，因为付出了，所以爱这里，无论条件怎么样，选择了就要义无反顾把事情做好。"

如今，退休后的吴坤新每天都会去金鸡岭，还有很多的建设者们在这里跳舞、聊天，他也会给老友欣赏自己的画作。在这个宁静的小镇，一缕阳光洒落在画上，透过这些温柔的画卷，晒盐池、盐堆、铁轨、海风、金鸡岭的歌声……从一个时代走出，在海南乐东黎族自治县的莺歌海盐场，一幅极具时代感的画面生生不息。

（臧会彬　采写）

盐场 "秀才" 廖国彪

廖国彪，男，1932年生，1958年响应国家号召，作为部队军官 "自降" 身份来建设莺歌海盐场，是当之无愧的 "盐一代"，于1992年退休。由于笔杆子功夫过硬，他是盐场公认的 "秀才"。

作为亲历盐场最艰苦时期的 "盐一代"，让廖国彪最意想不到的是，在一代代盐场人的奋斗下，盐场如今的生活远超自己青年时期的 "梦想"。

主动 "降级" 当军工　一腔热血建盐场

"请谈谈您当年登陆莺歌海参与盐场建设的故事。"

说到当年军工抵达盐场的场景，一张老照片的出镜率特别高。照片上，一名年轻的军工身穿军装，左边挎着水壶、右边挎着小包，踏上连接小木船和海滩的木板，笑着走下船，这是5600多名响应国家号召前来支援盐场建设军工的缩影。如今还在世的军工都已届耄耋之年，当年26岁的廖国

▶1958年2月，莺歌海港，热情的莺歌海镇人民用渔船接驳搭桥，助退、转军人顺利上岸

彪就是其中一员。

廖国彪于1951年应征入伍，成为抗美援朝后方部队的一名士兵，因为表现优异，他军转干成为一名军官。1958年春节前的半个多月，中央军委号召军人投身建设莺歌海盐场。廖国彪所在部队42军125师召集士兵开了动员大会，具有干部

身份的廖国彪不在动员范围，压根儿就没被通知参加动员大会。

当消息传到廖国彪耳朵里时，他正在工作。他想都没想，就跟领导主动请缨参加莺歌海盐场建设。

没想到，领导劝他别去，说这次是动员士兵，你是干部身份，不在动员范围之内。当时廖国彪在司令部担任保密员，是副排级干部，属于级别最低的军官。但廖国彪仍坚持要到海南去。"当时有一股劲儿，想着国家号召干什么，就要积极响应！"领导拗不过廖国彪，也就同意了。

接下来，廖国彪马上跟战友交接手头工作，并且在部队办理好人事、党组织等方面的手续。部队已经通知出发前往海南的集合时间和地点，所以响应号召前往海南的军人便匆匆回家过年，还没过完元宵节就要赶赴广东，在广东集合搭乘军舰出发前往海南。

1958年3月，廖国彪按计划搭火车到广东湛江西营会合。在西营停留等待发船的几天里，大家还一起帮助当地居民植树造林。

3月4日下午，廖国彪所属的第二批大部队出发了。"我们坐的是军舰，因为军舰装的人多，其他交通工具装不了这么多人。"廖国彪笑着回忆，军舰里没有座位，没有电风扇，也看不到外面，大家间隔一米席地而坐，坐在甲板上。

廖国彪所坐的位置是军舰里的球场，靠近发动机，非常热。坐船期间的十几个小时里，除了上厕所等必要的走动，其他情况不允许随意走动。绝大多数军人都是第一次坐船。很多人都晕船，船员就在船上间隔一段距离放一个桶，谁想吐了就吐到桶里。

汗味、汽油味、呕吐物气味混杂的船舱，给第一次坐船的军人们留下了深刻的印象。回想起来，廖国彪笑着直摇头。

经过一天一夜的航行，3月5日下午，军舰到达莺歌海外海，由于军舰吃水深，在离岸三四公里的地方就得停船，军工们再换乘渔船上岸。

"小渔船就更'厉害'啦——"回想起当时坐小木船，廖国彪拉长了尾音，"我本来坐军舰没吐，是后来坐渔船才吐的。"看着海面风平浪静，实际上无风三尺浪。"哗——哗——哗——晃来晃去，小渔船又有腥臭味，实在令人受不了……"晃了半小时小渔船才到岸边，给军工们来了个"下马威"。

上岸之后大家第一件事情是吃饭，当时用来装菜的是黑色的塑料桶，"很像我们老家农村用来装尿的尿桶"，廖国彪笑着说。军工建设海南的征程就这样在种种入乡随俗之中开始了。

吃完饭，大部队开始步行前往工地。说是工地，其实也是住地，军工居住的宿舍——草棚，就驻扎在需要开荒的滩涂上。

"我们走了一两个小时走到一片荒地,那里长满了高高低低的野草,还有刺藤,有的半人高,有的甚至高过人。"这里就是9000多名军工和民工接下来几年要奋战的"主战场",廖国彪最开始到的这个地方,后来建成的是中级池。

来到"战场"的第一个晚上,看到比人还高的草,廖国彪并没觉得这有什么可怕:"当时年轻,无所顾虑,在部队也很艰苦,所以没想太多。"

经过一天休整,正式开工。廖国彪是带着副排级的级别调到盐场的,到了盐场直接就担任排长,手下管着30多名军工。说是排长,也一样要干活。"挖土工"是他到盐场后干的第一个工种。他之前在部队主要在机关工作,他身高1.58米,体重约42公斤,没怎么参加过体力劳动,干过最重的体力活就是种田。尽管是军人出身,盐场建设初期的辛苦还是超出了他的承受能力,一担土的重量就超过了他的体重。

"苦啊!"这是廖老回忆起挖土和推盐时由衷的感叹,然而,这些苦也铸就一种精神——莺歌海艰苦创业精神。在此后漫长的奋斗途中,大家都是靠这种精神,扛过了最艰苦的岁月。

"巧妇"如何为"无米之炊"

"盐场建设初期正好碰上三年自然灾害，您是如何克服工作负荷大又缺粮这个问题的？"

当了4个月的挖土工后，1958年7月至12月，廖国彪被安排去炊事班当司务长，负责200多人的一日三餐。当时市场经济还没发展起来，菜市场只有白菜卖，要想换口味，廖国彪得到附近农村挨家挨户去买菜。如今回忆起来，有些故事令人捧腹。

廖国彪说，那时候没有代步工具，炊事班的其他成员得做饭，所以都是廖国彪一个人走路到六七公里外的农村去买菜。农村一般只有葫芦瓜、南瓜、冬瓜这"三瓜"，廖国彪都是到了一个村之后，便挨家挨户地把全村几十户人家问个遍，把菜买齐再找村民帮忙运回盐场。

因为自己的海南话带着家乡口音，廖国彪买菜还闹过笑话。有一次，廖国彪想买南瓜，当地老百姓也管南瓜叫"金瓜"。在海南话里，"瓜"的发音与"鸡"的发音有点接近。廖国彪为了方便老人可以听懂，就用学得不到位的海南话问："有没有金瓜啊？"老人说有，说完带着廖国彪走到了她家的牛圈。廖国彪蒙了，买南瓜跑到牛圈来干吗？老人指着牛圈边的一只公鸡说："鸡在这里。"原来，老人误把廖国彪说的"瓜"听成了"鸡"！回想起这件趣事，廖老"咯咯"直笑。

菜还算是轻的，买米就没那么轻松了。"200多人，每天三顿干饭，每顿要下锅100公斤米，每天要吃300公斤米。"米吃得多，买米自然成了一桩大活，得用牛车。

牛车窄窄长长的，宽度跟牛的肩膀一样宽，车斗长1.5米。拉牛车，这也属于廖国彪的人生空白，从未体验过，但一旦碰上了硬着头皮也得上。1958年8月的一天，廖国彪独自一

▼建场初期
宣传栏

人赶着牛车去十几公里外的佛罗镇买米。回来的路上，一包米掉了。

个头瘦小的廖国彪都不够半袋米重，顿时束手无策。"荒郊野岭，连个人影都没有，真是叫天天不应叫地地不灵。"廖老回忆道。最后，他只能在原地等着有人路过，再一起把米抬上牛车。幸运的是，等了10多分钟就来了一个人，"解救"了廖国彪。

1958年还有粮食吃，买米买菜也属于有趣的回忆，接下来从1959年到1961年的三年自然灾害时期，可就不好受了。饥饿，是经历过那段历史的人的集体记忆，而这3年，又恰好是盐场建设初期体力劳动最繁重、最密集的时期，艰难可想而知。

当时由于国家缩减计划，没法向盐场投入重型机械，现有的机械也都破旧，而盐场建设也要推进，所以只能靠人工挖掘。"当时全是挖，就靠锄头和铁锹。"廖国彪回忆，工人每天一干就是10多个小时，担负这种高负荷体力劳动，却没法保障基本的饮食。

廖国彪当司务长时，每人每天能有1.5公斤米。到了困难时期，每人每月只有10公斤米，也就是每天都不到0.5公斤米，较原来缩减了2/3以上，而体力劳动的强度有增无减。饿着干活，是军工们的共同感受。油和肉就更不用想了。那段时间，所有军工、民工都营养不良，70%患有由于缺乏营养而得的水肿病。"水肿病就是按压肌肉形成一个窝，这个窝好久才能回弹。"而从小瘦弱的廖国彪，除了得水肿病，还因为过于劳累而尿血。

物资匮乏时期最大的幸福莫过于过年前发猪肉了。"最有意思的是过年发猪肉。"一般是腊月廿二廿三发猪肉，每个职工约1.5公斤，刚发那天都想尝个鲜，就先吃一顿，剩下的留到除夕再吃一次。"到了大年初二基本就闻不到肉味了，又回到了没油的日子。"廖老说，"我还吃过糠，糠做饼吃。"

那个年代，也因为饥饿发生过不少悲剧。例如，有一个工人，因为太饿了，去水沟边捡了一只死老鼠吃，结果自己也中毒死了。还有一个职工孩子，因为肚子饿，晚上去食堂偷花生麸吃。花生麸的特性是遇水膨胀，孩子吃完花生麸口渴喝水，肠胃胀得太厉害，抢救不及时，胀死了……想起这些，廖国彪忍不住潸然泪下。

而军工们，正是在如此艰苦的情况下，用人拉肩扛，生生靠着一锹一锹把盐场给建起来了。

廖国彪的"安居梦"

"住草棚是什么样的体验，与如今对比，又有何感触？"

草棚一住就是十几年的廖国彪一直有一个"安居梦"——此生能住进一个不漏水的房子就心满意足了。在60多年的奋斗历程中，随着盐场生产能力逐渐增强，职工福利也在逐渐变好，盐场建设者用勤劳的双手让梦想成真，从做梦，到圆梦，再到超预期圆梦……

盐场建设者们最早的宿舍是草棚，墙是土墙，顶棚是茅草编的。里面的床架是由木架钉成的上下铺，搭上由几块木板拼成的床板而成，爬上爬下时"嘎吱"作响。这样的床属于"标配"。如果木板不够，还有些"低配"的床板——木格子床，廖老说这种床也被大家笑称为"土钢丝床"。

所谓"土钢丝床"，指的是用手指粗细的圆木条绑成的床板，木条就是取现成的木条，没有经过机械加工，做不到粗细完全相同，木条也是保持它的自然形状，"说白了这种木条就是柴火"，这样的木条编成的床板是凹凸不平的。

"不舒服也没办法，床板不够就只能睡这种'土钢丝床'。"不舒服还是其次，"土钢丝床"不牢固，睡着睡着就塌了的情况也发生过。"还发生过睡塌了床，眼睛被木条戳到的事情。"廖国彪回忆道。

当时的集体草棚，每间大概三百平方米，人均一平方米的铺位，按部队编制来排列。空间不大还不算太困难，廖国彪属于军工，军工里没有女工，还没感受到集体草棚的"小尴尬"。而地方民工是有女工的，廖国彪去采访时看到，由于条件受限，草棚没法做到男女宿舍分开，都是同在一间大宿舍，女民工集中在角落的一个小区域，和男民工的区域仅仅是拉开一点距离相分隔，中间连帘子都没有，"实在艰苦"。

草棚里蚊子多，蜈蚣很常见，蚊帐也不是每个人都有，有的就挂，没有的就不挂。

廖国彪说，草棚最大的麻烦是下雨就漏水，尤其台风频繁，台风一来也漏水，外面下大雨，里面下小雨。有一次，台风把草棚刮倒了，有的倒平，有的倒一半还剩一米多高，仅够一个人钻进去，摇摇晃晃的，一下子也没那么多草来重修，只能将就着继续住。领导来后看到这个场景都直掉眼泪。草房彻底倒了的就到附近村子里去借住几天。不过就算房子倒了，大家也坚持出工。

"住了七八年草棚之后，当时我就想，我的要求不高，这辈子给我一个不漏雨、不刮风的瓦房住就行了。"廖国彪许下这个"安居梦"时一定想不到，日后的居住条件会发生翻天覆地的变化，如今回忆起当初的"梦想"，廖国彪都觉得有些好笑。

几年后，住宿条件第一次得到改善，在职工和领导的共同努力下，盐场盖起了"联排"草棚，军工可以带家属来一起生活了。

"联排"草棚是一长排草棚，内部隔成一间一间，每间三四十平方米，每户分一间，每间住一家三四口人，每间之间用泥巴墙隔开，泥巴墙有1.5米高，但并没有隔到房顶，"所以没有任何隔音效果，隔壁说话都能听得清清楚楚！"廖老笑着回忆。

1971年，盐场开始建瓦房。1976年，在他来盐场的第18个年头，终于圆梦住进瓦房。没想到才过了几年，1980年又实现了住房升级，住进了上下楼。再过了十几年，在他1992年退休那年，搬到现在住的职工楼。

如今家有两套房的廖老，老两口住一套房，儿子住一套房，说起房子他就有满足感和幸福感，"我从来没有想过能住上楼房，现在的日子真是比过去好一万倍！"

从盐场骑摩托车到海口 "第一人"

"讲讲以前苦中作乐的乐观故事。"

无论有多少困难，都要克服困难，坚决完成组织交办的任务，是镌刻在盐场人心灵深处的信条，否则也无法在如此艰苦的条件下靠人力完成盐场初期的建设。克服一切困难，用尽一切办法，使命必达，是盐场人无需多言的精神自觉。

有一天，当时在宣传科的廖国彪接到科长通知，海口要开个工业会议，需要廖国彪于次日送份材料到海口。当时从盐场到海口是隔天才有一班车，而当天的车已经发车，要等到第3天才有车了，但是会议又要求第二天必须把这份材料送到海口。

怎么去？场长交代科长让廖国彪坐全场唯一一辆摩托车去海口。车是警队的，由当时的警队队长白文伶开车，载廖国彪去。虽然听起来有点不可思议，但是也没有更好的办法了。"出于革命精神，多难都得答应啊！"廖国彪说。

第二天早上7点钟，老白"突突突突"地骑着摩托车来接廖国彪，就快速出发了。当时到海口的路是黄泥路，一路黄土飞扬，说他们风尘仆仆赶路，一点都不夸张。

骑了约5个小时，中午12点到了儋州，两人在儋州吃了午饭又继续赶路。又骑了约2个小时，到了临高。尴尬的是，到临高就没油了，但是前不着村后不着店的，加不上油。于是两人就半推半走，花了约1个小时，到了澄迈，终于买上2升汽油，才又继续骑车。又过了约2个小时，下午5点，终于赶在政府部门下班前抵达海口，顺利把这份材料送到目的地。

从盐场到海口，340公里的距离两个人骑了约10个小时的摩托车。全程都是黄泥路，出门时穿的白衬衫，到海口已经看不出原来的颜色了。"从头到脚都变黄了，太狼狈了！"

▼盐场建设工地

老廖和老白相视而笑，老廖还不忘开玩笑："老白，我们这样子像空降的特务！"两人还给这个造型取了个名字，叫"小黄人"。

晚上他们洗澡时才发现，这约10个小时的车程把腿都磨破皮了，屁股也疼得不行。

这个临时任务，让廖国彪和白文伶成为盐场骑摩托车去海口的"第一人"。"全场除了我们俩，再没有谁骑10个小时摩托车到海口出公差了！"如今回忆起来，有趣的同时还带几分自豪。

"秀才"心中的莺歌海记忆

"该如何概括您理解的莺歌海创业精神？"

莺歌海创业精神究竟是什么？一千个盐场建设者就有一千种生动的诠释，"盐场秀才"廖国彪老人用一首诗书写出了他心中的莺歌海记忆——

莺盐创业万代永存

立党为公　牢记使命

> 胸怀祖国　一心为民
> 同甘共苦　万众齐心
> 战天斗地　不畏艰辛
> 排除万难　夺取胜利
> 莺盐创业　万代永存

"立党为公，牢记使命。胸怀祖国，一心为民。"廖老回忆，从他放下干部身份主动请缨成为一名建设盐场的军工开始，他已经用行动证明了初心："就是要响应号召，到祖国最需要的地方去！"

"同甘共苦，万众齐心。"在困难时期，令廖国彪印象非常深刻的是干部和群众同吃同住同劳动，把指挥部搬到工地，始终和群众站在一起，现场解决问题。并且，在粮食最匮乏的时候，干部在自己也吃不饱的情况下，主动从自己的粮食中匀出几斤给工人，让工人能够吃得多一些。正是这种同甘共苦，才凝聚了人心，让所有工人在如此艰苦的情况下还能拧成一股绳，完成了不可能完成的任务。

"战天斗地，不畏艰辛。"廖老解释说，这一点可以说是贯穿莺歌海盐场建设的始终。要怎么战？如何调动大家的战斗热情？盐场有法宝——开展劳动竞赛。1958年5、6月间，盐场迎来开工以来首个工程会战——"淮海战役"。此"淮海战役"和历史上的"淮海战役"不一样，此"淮海战役"指的是为了抵御开工以来首个台风而紧急修建拦洪大坝和打通下游沙丘的排洪口。

当时，天气预报预计台风将于1958年6月初到来，为了抢在台风来临之前用20天把尖界沙打通一个缺口，把台风带来的洪水排出大海，使整个正在施工的盐田不被洪水淹没，盐场党委及时采取措施，组织一场规模浩大的群众性大会战——"淮海战役"。几千名军工顶烈日、斗风沙、战暴雨，昼夜奋战，终于在台风来临之前完成此项工程，从而保证了场内施工的顺利进行。

"战役"是盐场建设时期凝聚战斗力非常重要的办法，盐场先后组织过"淮海战役""大战西北区""春季战役""会战铁路联络线""大战十三昼夜""大战结晶区和大、小三角"等规模浩大的劳动竞赛，大大加快了施工进程。

体格瘦小的廖国彪干体力活没有优势，但在他当挖土工的几个月里，也是冲锋在前，"因为你是党员、是领导啊，就应该起到表率作用，否则怎么影响、带动别人？"

"当时还通过宣传工作营造评先进、学先进的氛围。"1958年年底，廖国彪从司务长的岗位调到盐场党委工地指挥部做宣传工作，对此深有体会。指挥部一共有4个人负责宣传和统计工作，其中2人负责宣传，另外2人负责统计施工进度。廖国彪和另外一位搭档扛起了宣传大旗，每隔几天要出一期《莺盐简报》。简报刊登比学争优、好人好事之类的内容，他们还在广播里宣读这些故事，通过塑造先进典型来引导大家学习看齐。统计组则在工地宣传栏公布每天各连队的施工进度，大家路过都能看到。各连队自然不甘落后，都想上榜，所以激发了大家的干劲，在极端艰苦的环境下，都能保持昂扬的斗志。

"排除万难，夺取胜利。"廖老解释，排除万难，就是用尽所有可用的办法战胜困难。1961年年底，莺歌海盐场的基本建设大体告一段落，具备了一定的生产规模与生产能力，"夺取胜利"。在这个过程中，所有盐场建设者都炼就了自己的艰苦创业精神，影响自己的一生，也感召着无数的后来者。

（黄丹　采写）

老军工　技术9级

　　吴庆元，男，1933年10月生，广东兴宁县人。幼年丧父。14岁到县城织布厂当童工。一年后独闯香港谋生，在万通公司专门负责照顾来谈生意的那些老板的家眷。1949年临近解放，回到兴宁老家。解放后担任村互助组组长，后来又到深圳龙岗学衣车工（缝纫）。1954年再度回家乡，次年初应征入伍。在新兵连一年后，被分到工兵营机械连当机械兵，在部队打山洞时专门负责操作空气压缩机来提供动力。1958年3月退伍，从湛江部队来到海南岛莺歌海盐场。1960年加入中国共产党。参与三曲沟水库建设。先后在盐场修配厂、发电厂工作，参与创建盐场利国氮肥厂、水管厂、化工厂、编织厂等。55岁时提前退休，回家独立创办家庭制冰厂。

　　最自律的人生格言：工作上高要求，生活上低要求，对组织上从来不提要求。

　　最自鸣得意的本领：自己动手。

　　最自豪的身份：老军工，技术9级。

"大雨小干，小雨大干，无雨特干！"

"您到莺歌海盐场参加的第一个建设项目是什么？"

"三曲沟水库。"有点驼背的吴庆元老人已经88岁，精神矍铄。"我个子瘦小，力气也小，在部队时都是与设备打交道，干的都是技术活。一到水库工地，必须干力气活：挑土。一担土石少说也有40公斤，装满一点差不多50公斤了。力气大的工友，满满两大筐挑起就走，还走得飞快。我那时候年轻，也不甘示弱啊，宁可多流汗，决不少干活。工地上有个口号，叫'大雨小干，小雨大干，无雨特干！'意思就是什么时候都要拼命干。我和工友们都是出大力、流大汗，干得热火朝天。午饭就在工地吃，伙房煮好饭菜送到工地。虽然伙食简单，但挑土消耗大，个个胃口很好，狼吞虎咽，饭菜很快就倒进肚子里了。晚上住在工地的茅草棚，几块木板下面垫些茅草就是床。睡觉时一躺下就得不停拍蚊子，莺歌海的蚊子又大又毒，吸饱了血的蚊子懒得动，很容易被拍死，拍得满手都是血。还有小尾巴拐弯的蝎子，更毒，万一咬到人可不得了。"

吴庆元毕竟是搞技术的，在水库工地挑土一个月后，上级要他去盐场修配厂报到。那时候全国都在大炼钢铁，盐场修配厂也炼钢铁，可是不出铁啊。后来他被分到综合队开抽水机，参与制卤试验。把海水抽到盐田后，从初级池、中级池到高级池，池底用什么材料，每一个步骤要多少天，含盐度要达到多少度，都要经过反复试验才能达标。吴庆元小组就做这个试验。第一次试验，他们在池底铺垫一层泥巴，结果失败了。第二次试验，吴庆元提出改用石英砂铺池底，试验成功。

吴庆元爱琢磨问题，爱琢磨点技术革新的方法。当时的

◀东南排洪沟施工现场

抽水机都是用柴油机当动力，要四个人管。他提出改用电动机作动力，仅需一个人管，并且效率大大提升。

擅长动手动脑的吴庆元很快成了技术攻关能手。盐场所属利国氮肥厂的大罐安装不了，领导叫他前去支援，负责技术攻关。他一去，安装技术关很快被他攻克，工程进展神速。

军用机场的水泵坏了，部队请求盐场技术人员支援。领导又指派他前去，经他检查，很快找到症结：原来是有一颗螺丝型号不对，无法拧紧。吴庆元三两下干净利索地排除了故障，水泵运转马上恢复正常。

"师傅，是您教我的啊"

"您技术上这么厉害，是否从小读书就很好？"

"小时候母亲一个人拉扯我们几个孩子，家里困难，哪里能供我读书啊？我得去做童工、打零工，挣点钱帮衬母亲。后来到了部队学点文化，但文化教员主要是教语文，像算术、物理、机械这些，得靠自学。只要肯学，没有学不会的东西。"

到了莺歌海盐场，业余时间吴庆元最爱跑的地方是附近黄流镇上的书店。在书店一泡就是一天。看到那些技术书，吴庆元就着迷。真想都买回家，但他工资有限，囊中羞涩，只能看了又看，选了又选，精选其中最有用的几本买回家。就这样每个月的工资，一大半都要花在买书上面。盐场有个老技术员，家里有很多技术书。有一次吴庆元向这位前辈请教技术问题，是某本书上的一个内容。前辈问："你怎么知道这个？你也有这本书啊？"吴庆元点点头。

吴庆元向书本学，更向行家学。"盐场建六百吨的冲坡化工厂，要建锅炉，我们哪里懂啊？场里要我带队去广州学习，我带了四十多个人去学。"在广州的工厂，吴庆元看得特别仔细，听专家介绍，看锅炉现场，他都做详细记录，几乎每个字每个数据都记了下来。他如饥似渴，因为锅炉安装事关生产安全，不能有一丝差错。从广州学习回来，吴庆元带着组员们仔细对照技术要求，自己动手安装。全神贯注，严丝合缝，如履薄冰，小心翼翼。安装完毕，请广州的专家师傅来检查验收。师傅一一验收，表示十分满意。

"这些技术要求谁教你的？"

"师傅，是您教我的啊，在广州。"

师傅这才恍然大悟，原来面前的这个年轻人在当时听讲解时听得如此仔细，全学到手了。

学习，成了吴庆元人生的一大法宝，他凭这个法宝不屈不挠地与命运抗争。其实，吴庆元是个苦命人。他五十岁那年，比他还小五岁的老伴因为一次医疗事故不幸去世。事故就发生在盐场职工医院，医生诊断出错，导致手术、用药、治疗一连串的错误，断送了他老伴的性命。事故发生后，当事医生还篡改病历，试图蒙混过关。得知医生的恶劣行为，吴庆元十分愤怒。他和家人准备把医生告上法庭。谁也没想到吴庆元的打算被对手一个小伎俩瓦解。医生言谈中透露自己是吴庆元的广东老乡。"亲不亲家乡人"，吴庆元心一软，竟放弃了起诉。老实人吴庆元只能自吞苦果，自己想办法解决问题。

五年后，吴庆元五十五岁了，他的三个儿子两个女儿，有的要找工作，有的要找对象，难题一大堆。他又当爹又当娘，家庭重担全压在他这副瘦弱的肩膀上。为了让大女儿顶替自己在盐场做工，他决定提前退休。家庭经济困难，还得挣钱贴补家用，他就买来一台制冰机，一个人搞了个家庭作坊。晚上在昏暗的灯光下钻研说明书、参考书，对照技术资料，反复琢磨配料，一琢磨就到深更半夜。学习加思考，帮助他成功制作出质量合格、口味上佳的雪糕冰棍，当时批发给市场一度供不应求……

"我是党员，我不下谁下？"

"回想盐场创业，您觉得靠的是一种怎样的精神？"

"我看靠三样：一靠吃苦，二靠学习，三靠党员带头。"

吴庆元的二儿子成年后也进了盐场，而且就在父亲的维修组工作，父亲是组长。冬天是盐场的生产淡季，维修组就要抢这个空档时间检查维修设备。莺歌海的冬天虽说不像北方那么寒风刺骨，但整个人泡在卤水里还是阴冷阴冷的。检查维修大水泵，工人必须跳进卤水里才能干活。年轻人你看看我，我看看你，谁都不敢下去。吴庆元二话没说，脱了外套长裤就跳进了齐腰深的卤水里。差不多一两个钟头以后才修好上岸。回到家，儿子问父亲："谁都不下水，就您下水，您不怕冷啊？"父亲反问："什么冷不冷的，不下水怎么检查维修？我是党员、是组长，我不下谁下？"

后来几次维修水泵，吴庆元第一个跳下水去，他的儿子以及徒弟们也跟着跳下去了。

吴庆元是1960年入党的老党员。几十年后，在他全家住了几十年的低矮平房里，老人又加了一句话补充："共产党员就要吃苦在前，享受在后。"建场六十一年后，吴庆元一家三代还挤在这两间小平房里，总面积不足四十平方米，屋顶补漏记不清补过多少次，四周墙壁的灰浆已多处脱落，用水泥打了很多"补丁"。

子女提醒父亲去跟领导说说房子问题，凭他的老资历领导应该会重视。他坚决不去。吴庆元的徒弟中出了好几个主任、副主任，有一个徒弟上了中山大学，后回到莺歌海盐场当了副场长。他从不去找徒弟谈个人困难和要求，半个字都不说。他不会开这个口。他的五个孩子中，老大老二两个儿子和大女儿都进了盐场工作，小儿子、小女儿在外面打工。他要子女们都靠自己，不要给组织上添麻烦。

▶劳动间隙的盐工们

讲到莺歌海艰苦创业，老人说，要做好工作，一定要认真。毛主席说过："世界上怕就怕认真二字，共产党就最讲认真。"搞技术，与设备打交道，如果不认真就会出大事。想了许久，他又讲了一件事。有一次，兄弟班组的一位维修工进行维修作业，没有挂"维修中"标志牌，吴庆元班组的工友不知道有人在作业，送电时间一到就推闸送电。结果一通电，传送带瞬间启动，打到了维修工的手，好在没出大事，有惊无险。吴庆元提醒那位维修工，作业一定要挂警示标志牌，这是操作规程，必须遵守，不能省略。否则一旦出事，首先得追究维修工自己违章作业的责任。他也拿这件事告诫自己组的工友：安全无小事，与设备打交道，必须多一分小心，必须眼观六路耳听八方，必须一丝不苟。

他最高兴的是他的宝贝孙子继承了祖辈爱学习的精神，考上了一所相当不错的大学。孙子离家那天，吴庆元老人嘴唇蠕动着嘱咐孙子："一定要好好学习啊！"

（高光辉　采写）

"我是一个兵"

陀振源，男，1933年6月生，广西壮族自治区容县十里乡人，小学文化。1955年年初入伍，在驻湛江某部服役。1958年3月退伍后响应号召奔赴海南乐东莺歌海，参与盐场创建。长期从事木工工作。1973年6月加入中国共产党。

最难忘的莺歌海创业记忆：上下级之间、同志们之间互相关心、互相爱护、互相帮助。

最爱说的一句话：我是一个兵。

"老豆啊，您为何不等等我"

"回想莺歌海盐场创业的那段时光，您最难忘的是哪个人、哪件事？"

"老豆！"中等个头，面部轮廓分明，操着一口广西家乡话的陀振源老人几乎不假思索，脱口蹦出这两个字。陀老说在他们老家，很多人家生了孩子后，为了孩子好养，都让子女喊父母为阿叔阿婶。他家也一样，但他更愿意喊父亲"老豆"。今年已经88岁的陀振源老人说起父亲，神情激动。

陀老清楚地记得1955年春天他离开家乡去部队当兵的情景。"这个印象最深了：我去部队离开家的时候，我老豆正在水塘边放牛。他朝我大声喊：'老振啊，你要去哪里啊？'老豆习惯叫我'老振'，当时我在乡政府里面帮助工作，我就回喊一声'老豆，我去乡政府啊，出去办事'。我去部队当兵的事情是与大哥商量的，还没来得及跟老豆说。1954年年底时，为了给部队补充兵员，我们广西也开始了征兵。大哥说他自己已经是大队长，叫我争取去当兵。当时都讲'一人参军，全家光荣'的。就这样我当了兵。"

说到这里，陀老低下头陷入了沉思。他的父亲是老实巴交的庄稼汉，一辈子种田放牛跟土地打交道，从没离开过家乡。陀振源是家中老二，小时候在甘旺小学读书，放学回来帮父亲放牛养鸭。后来没考上初中，就接着下田干活，也算是父亲的一个得力帮手。作为儿子，离开家乡去湛江当兵，退伍又从部队直接去了更远的海南岛莺歌海盐场……这一切竟然都没有事先征求老父亲的意见。

陀振源记得，他到了莺歌海盐场后，父亲曾经来过一封信，大意是问儿子有没有时间回家探亲。父亲说"你有时间就回来看看我，再不来你以后想看我也看不见了"。陀振源那时候年轻，想想父亲也还不到60岁，竟没有把父亲这句话太当回事。那时候盐场建场干得热火朝天，陀振源一心扑在工作上，回家探亲的事一拖再拖。直到1959年9月，才安排了一个时间，得到上级批准回家探亲。

沉思中陀老的头使劲地摇晃着，久久不肯抬头，等抬起头来已是老泪纵横。"一路上汽车、轮船、火车、汽车加走路，七转八转地回到村里，还没到家，远远就看见村里好像有人过世了，还有人说到我老豆的名字。我心里'咯噔'一下紧张起来，三步并作两步地赶回家，一副棺材放在屋门口，我的老豆躺在棺材里面！"陀振源当时都没敢哭出声来，母亲和一家人已经十分伤心，作为家中的男子汉他得坚强、挺住。他只是在心里一遍又一遍地哭喊："老豆啊，您不孝的儿子回来看您了！老豆啊，您为何不等等我！"

老父亲走了，陀振源在家里陪着悲伤的母亲和家人过了国庆节。表哥还给陀振源介绍了一个对象，说姑娘人很不错。母亲也说老二年纪老大不小了，该成个家了。后来左等右等那姑娘终究还是没来，陀振源又踏上了返回莺歌海盐场的路途。舍小家为大家，这个大家就是国家，心里想的只有国家利益，国家的开发建设。陀振源说这是一个兵——战士的本分。

"党叫干啥就干啥"

"后来您是怎么从部队又来到了莺歌海的？"

"呵，那时候啊——"提起当兵，提起莺歌海盐场建场的那些岁月，老人两眼放光，抢过话头像打机关枪似的滔滔不绝。1958年3月，陀振源在湛江部队服役已有3个年头，也到了退伍的时候。在关于退伍的官兵大会上，部队首长说，现在朝鲜战争已经结束，国内有两个边疆地区需要巩固国防，需要大开发、大建设。一个是西北边陲新疆，另一个是广东省海南岛（现为海南省）。首长专门介绍海南岛西南部的乐东县的莺歌海要建设一个现代化的大盐场。陀振源想想自己是南方人，广西与海南岛相隔不远，气候、饮食和生活习惯差不多，就与许多南方战友一起报名到海南岛莺歌海建设大盐场。

1958年3月的一天，海军的两艘登陆舰，载着陀振源和他的近2000名战友，从湛江港出发驶向海南岛的莺歌海。在甲板上，24岁的陀振源兴奋激动，一如奔赴战场。他想象着即将在地图上这个芒果状的岛屿一角展开轰轰烈烈的现代化大盐场开发建设的浩大场面，心往神驰，心潮澎湃。

"在海上走了差不多一天一夜，第二天傍晚时分，登陆舰在莺歌海海面上抛锚，渔民划着渔船来接我们上岸。"陀振源精神抖擞地扛起背包，整整已经卸下领章的军装，依旧一副战士模样。他朝渔船望去，渔船离他越来越近，渔民的笑脸越来越清晰。他朝岸边望去，岸边挤满了前来迎接的当地百姓。

▶盐池施工

　　陀振源和战友们下了渔船，排着整齐的队列上岸，两边群众扶老携幼，拍手鼓掌，夹道欢迎。那一刻有点像解放军的入城仪式。渔民们皮肤黝黑，衣衫单薄，有的光着脚丫，有的光着上身，一致的是所有人的脸上都挂着灿烂的笑容。那一刻陀振源眼眶湿润，他又一次想到了"人民子弟兵"这个词。他环顾四周，低矮的茅草房连着另一个低矮的茅草房，远处是开阔的滩涂……他想这就是他人生将要开启的新战场了。

　　"到了晚饭时光，老乡挑着两个大木桶过来找我们，那是给我们送饭菜来了。"吃着热乎乎的饭菜，陀振源和战友们心里也热乎乎的。晚上到了住地，一排简易房，用几根大木桩搭建的框架，用椰子叶编织的篱笆围成四周的墙壁，上面盖上茅草当屋顶。大伙睡的是上下铺，中间是木条子，没有床板，第二天早上大家睡醒互相看看，背上都是一条一条的印痕。"看着背上的印痕，战友们（对了该叫工友们了）哈哈一笑，简单洗漱一下，三口两口扒拉完早餐，就去工地了。"

　　"从战士到工人，习惯吗？刚到盐场那些日子都做些什么？苦吗？"

　　"哪能不苦？但是战士不怕吃苦！我刚到盐场的第一份工作就是挑土。工地在老孔村。大家都是从部队来的，一个个小老虎似的，两个竹筐一根扁担，近40公斤土石挑在肩上还健步如飞。不过一天下来之后才觉得太累了。有一个江西老表（老乡），累到哭了鼻子。"陀振源说哭鼻子的江西老表第二天又像一头小老虎。大伙奋勇争先，干劲十足。"我们场这些军人出身的军工，一天一夜可以建起一条堤坝。一条防洪堤，多大的土方量啊！当时我们有一个说法：'你就是用一台东方红推土机换我们一个军工，我们也不换！'"

建防洪堤，建排淡沟，建卤缸、盐田……最终莺歌海盐场在军工们和各路建设大军手中建起来了！后来有一天，中队长要大家说说都有什么特长，陀振源从小会做个桌椅板凳什么的，就说自己的特长是木工。"来，给我搭个床铺！"陀振源三下五除二就搭建完毕。"好好好！"中队长和大伙鼓掌叫好。不久，他被分配去木工厂干了木工。这一干就是几十年。"从老孔村，到水道口，到二号桥，到金鸡岭，很多木工都是我参加完成的……盐场的各个工地我干了个遍，我的家也搬了一次又一次，搬了个遍。那个年代，我们军工都是不讲条件，以场为家，'服从命令听指挥，党叫干啥就干啥！'"

"捡回来的第二条命"

"您认为莺歌海盐场创建靠的是一种什么精神？"

这是一个有点抽象、有点难度的问题，陀老陷入了深思。他没有直接回答问题，而是讲述了几件令他难忘的具体的事情。

"我这条命是部队同志帮我捡回来的，可以说是第二条命。"1967年7月，陀振源遭遇一次交通意外事故，他乘坐的轨道车与火车头迎面相撞。事故惨烈，造成人员伤亡。一阵剧烈的碰撞过后，陀振源被撞得掉下了轨道车，昏迷不醒。"我醒来发现自己躺在病床上，是部队同志及时开车把我送到盐场职工医院来了。要不是部队同志出手相救，我这条命早就没了！"

大难不死、心怀感激的陀振源在以后的人生中处处以救命恩人为榜样，见义勇为，热心助人，该出手时就出手。

一天傍晚，陀振源吃完晚饭正准备休息，突然听到场部的钟声"当当当当"急促地响了以来。钟声就是命令！陀振源一个箭步冲了出去，上百名工友都先后冲了出去。什么情况？原来是一户职工的茅草屋着火了！这间茅草屋紧挨着单位仓库，如果点着了仓库那可不得了！迎着呛人的烟雾，迎着灼热的火焰,陀振源和工友们冲进了火场,大家齐心协力,取水扑火,终于保住了仓库安全,避免了更大的损失。

还有一次,一位广西籍工友因家庭矛盾离婚了,女方也是广西籍,家里来了不少亲戚,后来要回老家连路费都成了问题。知道工友的窘境,陀振源二话不说就掏自个腰包帮工友凑路费。工友千恩万谢。陀振源说:"谢什么?能帮多少是多少,谁还没有个困难呢!"

"你问我莺歌海创业靠的是什么,我觉得是互相关心、互相爱护、互相帮助的精神,是大家心往一处想、劲往一处使的精神。生活上,当年盐场与部队一样,官兵平等,吃的

▶铁路就建在坨地旁。原盐由结晶池扒收运到坨地集坨,火车进坨后,直接运往八所、三亚的码头

住的都差不多，领导不搞特殊化。生产上，你看当年我们盐场年产量27万吨，场部提出要上30万吨，大家就奔着这个目标拼命干。在工地，在盐田，哪分谁是领导谁是工人？大家都是盐场人，一起流汗，一起大干！这就是当年的莺歌海！这就是莺歌海艰苦创业的精神！"

陀振源不是那种唱高调的人，也并非堪称楷模的先进典型。他普通得不能再普通了，就像万里海疆的一粒沙，就像万顷盐田的一粒盐。但即便细小如沙如盐，他有他的坚守，他有他的闪光。对单位里、社会上的很多事情，他有他自己的看法。见到不公平、不干净的现象，比如干部以权谋私，比如小青年吊儿郎当，比如攀比炫富，他会冒几句国骂出出气。他也有他的牢骚，虽然谈不上牢骚满腹，但对自己干了一辈子木工，迄今一家七口还挤在四十多平方米的住房里颇有微词。他不愿意谈自己的老伴和家人，不是他们有啥不好，而是他觉得自己对不住家人——他为家人做得太少了。

已近耄耋之年，陀振源还能做什么呢？几乎什么也做不了，可在他的记忆里，满满的都是辉煌的理想，冲天的干劲，青春激荡的日子……他始终是一名战士，一名一腔热血一往无前的老兵。

（高光辉 采写）

女盐工黄玉楼

黄玉楼，女，1934年10月生，广东省徐闻县人。从小在徐闻码头做小买卖，15岁嫁给曲界乡三河村的李康珍。担任村互助组组长、曲界乡妇女副主任。1955年21岁的她支持丈夫应征入伍，次年5月20日加入中国共产党。李康珍退伍到莺歌海盐场工作3年后，1961年1月她也随夫来盐场当盐工。

泼辣能干，快人快语，敢作敢为。

最骄傲的青春记忆：当年的三河八姐妹。

最紧张的盐场时光：场部钟声突然响起……

最温馨的家庭日常：自己收工晚了，丈夫已照料孩子吃饱晚饭，等她回家。

"我送丈夫去参军"

"您当年是怎么来的莺歌海盐场？"

"我丈夫李康珍在莺歌海啊，不过我是在他之后差不多3

年才来。我比他大两岁，我嫁给他那年他才13岁，我15岁，算是童养媳吧。"已经87岁高龄的黄玉楼老人十分健谈，说起家乡、说起婚姻、说起她的青葱岁月时神采飞扬。老人一再强调自己是李家的童养媳——在她的认知里，未成年女孩嫁入夫家就是童养媳。

"说起来我和我家婆很有缘分，最先是我家婆看上我的。我娘家比较穷，姐弟9个我是老大，我小小年纪就在码头上卖点小东西挣钱。渔船靠岸后渔民要上岸买水、买食品，

▼1962年，一个初具规模的南方最大海盐晒制场——莺歌海盐场已进入正式生产，并艰难地向前奋进

我就挑水出去卖，还卖花生、卖甘蔗。我家婆看着我又懂事又能干的模样比较满意，就找人提亲要我当她的儿媳妇。"嫁入李家后不久便迎来了全国解放，能干的黄玉楼很快成了村里的一个大忙人。参加互助组，被推选为组长。当时她领着村里七个姐妹忙这忙那，风风火火。村里要拉电线没有电线杆，她就带着姐妹们到林子里扛树木。又粗又长的树木，一人一根扛到肩上就走。她们被称为"三河八姐妹"，在当地小有名气。后来黄玉楼还当上了曲界乡妇女副主任。

"1954年年底部队上的同志来三河村做征兵动员，在会上我说我坚决支持丈夫去参军。入伍当兵，保家卫国，是男儿的责任；响应号召，送郎参军，也是我们女人的光荣。当时领导就表扬了我，大家都为我热烈鼓掌。"送夫参军的黄玉楼变得更出名也更忙了，互助组的事、村里的事、村里乡里妇女的事，她都得带头，一天到晚在外头忙。她的丈夫在部队服役三年，从部队退伍之后又去了海南岛莺歌海盐场，而她一直留在徐闻老家侍奉公婆。后来几年，公婆先后离世，她与哥嫂搭伙过日子。嫂子嫌黄玉楼家里的活干得太少，黄玉楼听不得埋怨，干脆自己跑到荒地上开荒种菠萝，自个儿单过。李康珍回老家探亲时两人一商量，黄玉楼就决定跟着丈夫去莺歌海盐场。

黄玉楼说起自己的婚姻很有成就感。黄玉楼是文盲，李康珍读了中学，中学生在那个年代就算是有文化的人。更难得的是两人的感情一直如胶似漆，十分牢固。村里结婚后两地分居的夫妻一共有八对，其中六对后来离了婚，只有两对始终不离不弃，她和李康珍就是两对之一。1961年1月，他们这一对比翼双飞，海峡渡船转长途汽车一路相随，"飞"到了海南岛西南角这片一望无垠的滩涂，开启了一起创业的岁月。

"挑盐挑到生小崽"

"莺歌海盐场给您的第一印象是什么？您现在能想起初到莺歌海的日子最难忘的是什么？"

"一到莺歌海，眼前出现的就是一排排的茅草棚。四周是用椰子叶糊上泥巴围起来的，顶上盖着茅草。一家就住一间，隔壁是另一家。一排住很多户职工。

"想起那些日子，我总在做一件事：挑盐。我没文化，到了莺歌海盐场就是挑盐。我是1961年1月来的，挑盐一直挑到第二年2月生崽。孕产假？哪里有半年、一年那么长的孕产假？我记得那天下午3点我还在挑盐，突然肚子疼了才赶紧去职工医院，到了医院很快就生崽了。生下我那个大儿子，也就一个礼拜之后，我又去挑盐了。不光是我，场里的女盐工都是这样。"黄玉楼说，生大儿子那会儿，挑盐还没有发工钱。她告诫老公千万别写信回家，不能让她妈妈知道她在莺歌海过得不易，妈妈知道了会哭的。她在通什部队当连长的弟弟后来不知从哪得知了情况，弟弟给她钱，还给妈妈去了信，说姐姐生了孩子啥也没有，后来妈妈亲手做了一些婴儿衣服邮寄了过来。

▶边施工边生产

　　有了孩子之后，照管孩子也是一个问题。李康珍在盐场发电厂汽车队当维修工，比她上下班有规律一些，多数时候到点就下班。她挑盐是几个人包一堆盐（一座小盐山），挑完为止，多劳多得，挑到晚上七八点钟也是常有的事。一般等她回到家，丈夫已经照料孩子吃完饭，收拾完碗筷了。她说每当这个时候她都觉得平时总是沉默寡言的丈夫特别好，家特别好。当然，也有夫妻两个人都加班的时候。碰到这种情况，她回家一看没人，就赶紧跑去托儿所接孩子。别的孩子都回家了，只有她的孩子在阿姨的哄劝中长一声短一声地抽泣着，眼睛都哭肿了。

　　黄玉楼挑盐没有停，生孩子也一个个挨得紧，几年后黄玉楼有了两男两女。她说挑盐辛苦，有时候回家浑身酸疼，一动都不想动。晚上睡一觉，第二天恢复一些，接着去挑盐。天天如此，盐工都习惯了。养孩子同样辛苦，当然也有欢乐。她记得那个时候盐场组织播放露天电影，家家户户，大人小孩儿搬着凳子扛着椅子去看电影。她家也一样，夫妻俩牵着大孩子，抱着小孩子，带着几个凳子，吃完晚饭赶往电影场；看完电影摸黑回家，那是一家人的娱乐时光，也是快乐时光。

　　有一年过年，李康珍笑呵呵地带回一小块猪肉，那是发电厂从市场上买一头猪回来宰杀，有福同享，所以每个职工分到了4两猪肉。

"两家就像亲人一样"

"莺歌海盐场创业的那个年代物质贫乏、日子艰苦，但你们总是乐呵呵的，为什么？"

"一无所有不怕，白手可以起家。物质贫乏不怕，我们有双手，劳动可以创造。艰苦创业嘛！那个时候人与人之间还有一种团结互助的精神。"不知是不是因为挑盐伤到了筋骨，有一段时间黄玉楼的脚突然走不了路，连下床都困难。这可要了命了，黄玉楼心里很着急。一位当地盐工姐妹说村里有个女郎中能治各种疑难杂症，可以请她来看看。"隔了些日子，女郎中来了，仔仔细细看了我的脚，说'我给你拿点草药治治吧'。我一听脚伤有救，喜出望外，急忙问多少钱。女郎中是个慈眉善目的老大姐，笑着摇摇头说'不要钱。我叫小孩儿给你送草药过来，你到时候给孩子一颗糖就行啦'。第二天真有一个小女孩送草药来了。我给她一大把糖，她只要一颗，拿了糖高高兴兴地走了。这以后小女孩隔些日子就会给我送草药来，每次只拿一颗糖，多一颗都不要。女郎中的草药很灵验，我敷了一段时间后脚伤慢慢地好起来了，可以下床走路，又可以挑盐了。后来有一次小女孩又送草药来了，临走时低着头告诉我，她妈妈也就是女郎中过世了。小女孩木木地站着没哭，我搂着女孩哭得一塌糊涂。后来女孩家和我家一直走动，两家就像亲人一样。"

黄玉楼说，刚到莺歌海盐场，大家都是年轻人，职工都住茅草棚的那些日子，吃住简单、清苦，但大家在一起互相关照，像一个大家庭一样。女盐工之间也是这样，互相帮助，关系很好。哪位姐妹有个什么事，大家都会想方设法帮忙。有的姐妹孩子小，等着喂奶要早点回家，其他姐妹就主动说"回吧回吧，剩下的盐我们挑"。黄玉楼是个乐于助人的热心肠，姐妹们有事都爱找她商量，她也往往是帮忙最多、最晚回家的那个人。

"已经光荣在党63年"

"您家里也有小孩儿，为什么晚回家的总是您？"

"我是党员啊，党员就要处处带头，不能只想自己。碰上有紧急情况，党员更要带头。不管白天黑夜，只要场部钟声一响，我就往外冲。碰上台风季节，听到钟声，我首先想到的是盐堆。顾不上小孩儿哭，顾不上关自家门窗，第一个冲出去跑往盐田，要给盐堆盖茅草片。盐堆是盐工的劳动成果，不能被大雨淋湿。我和姐妹们吃力地拉着一大片一大片的茅草片往盐堆上盖。好几次晚上冲出去，等到全部盐堆被盖好茅草片，已经是后半夜一两点钟了。"

黄玉楼回忆，有一次参加挑盐突击劳动，小火车就在盐场码头那里等着装盐，太阳下山了盐工也不下班，一直挑盐，天黑了码头上灯火通明，盐工们汗流浃背，连续作战，干了一个通宵，直到一整列小火车装满白花花的盐开走才收工回家。

"共产党员光荣啊！我已经光荣在党63年了。"今年"七一"，组织上来人给黄玉楼老人挂上"光荣在党50年"纪念章，她流泪了。她想起盐场创建时一起奋战的那些党员工友，有的已经不在了；想起与她成家几十年从未红过一次脸吵过一次架也从未抛下她不管的爱人、共产党员李康珍竟然也悄无声息地走了；想起63年前她在徐闻老家举起右拳宣誓入党的情景犹在眼前："我志愿加入中国共产党，为共产主义奋斗终生！"

如今四世同堂的黄玉楼，闲下来经常回想大干苦干的那些建场日子，也经常给孩子们讲过去的事情。创建鸢歌海盐场，那是一段激情燃烧的岁月，珍藏在她心底，她愿意把这份记忆作为传家宝，世代传承。

（高光辉　采写）

永远的组长

覃师彩，男，壮族，1937年11月生，广西壮族自治区柳州市古田山街道人。小学只读了两年。1955年年初入伍，历任湛江某部通讯营无线连战士、副班长。1958年3月赴海南参加莺歌海盐场建设，历任初级池组长、高级池组长，1972年加入中国共产党，几乎年年荣获先进工作者、优秀共产党员称号。

最挂念的远方亲人：广西老家已经108岁高龄的大嫂。

最诗意的莺歌海创业总结词：永远的青春，无怨无悔。

"一个晚上翻来覆去地就想着这三个字"

"您也是军工，请讲讲当年当兵的故事，后来又怎么来的莺歌海？"

"说来话长，那要从小时候讲起。哎，你见过16岁的小学生么？肯定没有。"84岁的覃师彩老人讲得一口流利的普通话，一句自问自答开始了他的往事回忆。覃师彩的老家在广西柳州市的郊区，他家祖祖辈辈务农，是个大家庭，上面两个哥哥大他很多岁，都早早结婚生子了。他大侄子比他小不了几岁。他从小跟着父亲放牛、种田，错过了在最佳年龄上学读书的时机。直到16岁，家里想起来还是要让他学点文化，这才送他到大正村小学读书。"在班上我个子比同学高出一大截，自己也有点不好意思。为了不做文盲，只能老老实实跟着小弟弟小妹妹们咿咿呀呀地从小学一年级第一册课本读起。

"两年后，也就是1954年年底，大嫂从外面风风火火跑回家来对我说：'阿叔，部队来征兵，你都18岁了，读书年龄太大了，干脆去参军吧！'我和我的父母、大哥都觉得大嫂的主意不错，就这样我报名参军，体检合格，1955年年初戴着大红花，在'参军光荣，保家卫国'的口号声和锣鼓声中来到了驻扎在广东湛江的部队。"

覃师彩在步兵连只待了一年。虽说他连小学都没毕业，但那两年他读书很用功，普通话比较标准，语言表达能力比较强，被首长安排到通讯营无线连当战士。当战士他也很用功，内务、出操、实弹训练都一丝不苟，经常得到表扬，后来被提拔当了副班长。全班十几号人，每次列队前进时他都走在排尾，那是他尽职尽责的位置。

　　三年时间一晃而过。1958年2月的一天，全师将即将退伍的官兵集中在部队大礼堂开会。在会场中间的覃师彩聚精会神地听着师首长张本科的退伍动员讲话，"建设海南岛，保卫海南岛"的口号深深印入了他的脑海。首长讲，海南岛要建设莺歌海盐场，这是个现代化的大盐场啊，在亚洲可以排到第二位。早年日本人侵略我们中国，看中了这块沿海大滩涂，搞了勘测，搞了一条窄轨铁路，想进一步掠夺那里的海盐资源。"那是我们的地盘啊同志们！我们浴血奋战把日本鬼子赶跑了，我们要自己动手建设现代化的大盐场，任务艰巨、使命光荣哪同志们！"首长嗓音洪亮，激情洋溢，讲到激动处，用力挥舞的手势极具感染力。退伍了去哪儿呢？覃师彩和许多战友一样，决心落在了首长指向远方的那个点

▼1958年2月，登陆艇将退、转军人运送到了莺歌海镇

上——海南岛莺歌海。

"那时候血气方刚、热血沸腾啊。听完动员讲话的那个晚上，我兴奋得睡不着。我就琢磨着莺歌海大滩涂是个啥模样，在这片滩涂上建设大盐场的万人大会战又会是怎样激动人心的场面，内心充满向往。大盐场——一个晚上翻来覆去地就想着这三个字。"

"星星当月亮，月亮当太阳"

"后来真到了莺歌海是个怎样的情景？与您想象的一样吗？"

"几乎一样。"覃师彩对莺歌海的第一印象是：莺歌海的天气比湛江更热，莺歌海的老乡比天气更热情。"我们的舰船停泊在莺歌海外海，很快，好多条渔船朝军舰划来。船靠了舰，手拉着手，老乡们都笑呵呵的，抢着帮我们拿行李。我们给老乡敬礼，整理自己的腰带和背包，一个中队一个中队地上岸，就是一支部队——不过不是去打仗，而是去建设。记得那天到莺歌海是下午五六点钟，天还没黑，我们就直接去盐场工地了。"

覃师彩与战友们当天傍晚去工地看了看，熟悉环境。他被分在第三工程队二中队。"嘬嘬!"随着第二天早上的哨子声,覃师彩和队员们早早起床、洗漱,三口两口扒拉完早餐就开赴工地了。"还是一个中队一个中队地去,还是部队行军的模样,很整齐;只是每个人的装备换了——枪械换成了工具,有的推着车,有的挑着担。不过有一点没变:服从命令听指挥。我们二中队第一天的活就是挑土,从早上天刚亮一直干到太阳下山,真的是日出而作日落而息。"

覃师彩还原他一直向往的万人大会战的情景。"那是1959年修建从黄流到盐场铁路大会战,我们这些由军工组成的五六个中队都去了,还有民工综合队,没有上万,也有八九千号人吧。七八月份,正是天气最热的时候,即使大家戴着草帽,也抵挡不住毒辣的阳光,有的队员热得受不了,干脆把上衣脱了,光着膀子干。我也是汗流浃背,擦汗擦不过来了,索性把湿透的衬衫脱了一扔,凉风一吹,舒服!我们盐场的方书记——一个四十多岁的北方大个子,与大家一样,也带着大草帽,光着上身,来来回回地推车运石子,满身大汗。'星星当月亮,月亮当太阳!''革命加拼命,苦干加巧干!'方书记在会战现场往高处一站,拿着大喇叭扯着嗓子跟大家喊。那场会战我们中饭在工地解决,晚饭也在工地吃,天黑了挑灯夜战,挂在工地的小太阳也像是挂在我们心里,一直干了一天一夜,以确保第二天通车。真是辛苦,也真是快乐。"

回忆起那些快乐日子,覃老微笑着侃侃而谈。"大会战那时候，给我们改善伙食就是吃红烧肉，那时候猪肉便宜啊，五毛钱1斤。后来1960年碰上自然灾害，加上苏联逼债，毛主席号召我们勒紧裤带还债，自力更生建设国家。我们积极响应，勤俭节约，衣服破了自己补，还自己动手建职工乐园——像个大礼堂一样，工人们业余时间在里面喝茶，唱歌跳舞，还有文艺演出，去看的人可多了。"覃师彩记得，年轻的队员们歌唱党，歌唱祖国，歌唱《咱们工人有力量》，也歌唱莺歌海盐场——"场是我们建，花是我们栽，万里东风入胸怀，军装褪色志不改。草是我们锄，路是我们开，汗珠结成满地银，枪不离手志不改……"

"娶了个劳动模范"

"能讲讲您的浪漫故事——您的那一位吗？"

"我那一位啊，可是个人物，劳动模范！"覃师彩很乐意与大家分享他的爱情故事。当年的奋斗口号是"苦干三年，建成盐场"，1960年，莺歌海盐场如期建好，大家都松了一口气，单身汉们便开始纷纷考虑终身大事。覃师彩也二十四岁了，回广西老家探亲的时候，父母张罗着要给他找对象。他说我就是来看看父母大人，找对象不急啊。他心里惦记着盐场大大小小、拉拉杂杂的很多事情，探亲假快满的时候他就急着回盐场了。"我回到盐场不久，1961年，我大嫂就打长途电话过来，兴高采烈地说：'阿叔啊，我给你找到一个姑娘，比你小五岁，人我看了，很好啊，她还是个劳动模范，怎么样？'我一听是劳动模范，心里就有几分喜欢：'好啊！'我老父亲老母亲高兴坏了，也特别地重视，执意要亲自护送姑娘来莺歌海。"

从广西柳州到海南岛莺歌海，虽说不是太远，但那时候交通不便，这段路老两口和姑娘走走停停，竟走了足足一个月。三个人背着笨重的行李，里面有给覃师彩带的家乡特产，还有一口笨重的大铁锅。先是坐火车到了湛江，又从湛江坐汽车到海安，再从海安坐轮船过琼州海峡到海口。那时候海口到黄流的长途汽车，一天才一班，买不到票，只好先坐车到儋县那大镇（现为儋州市那大镇）。在那大下了车先住下，但在那大车站一连几天都买不到去黄流的汽车票。后来好不容易等到一张退票，老父亲就先一个人赶来莺歌海告诉儿子。

"见到我爸，知道老妈和姑娘还在那大，我赶紧请了假去那大接。在那大车站，那是我第一次见到我的对象。当时看到我老妈旁边站着个文文静静的姑娘，瓜子脸，我猜就是她了。我故意问：'你是谁啊？''曾梅芳。'她笑起来很害羞的样子，很好看。"覃老说起当年的初见，脸上泛起了红光。曾梅芳就这样跟着准公公婆婆来了莺歌海找未婚夫，也没办酒请客，又跟着覃师彩去黄流镇民政部门登记结婚，

▲ 东南排
洪沟工作场面

不声不响地完成了人生的一件大事。

"来到这里和我过日子，睡的是'钢丝床'（就是那种几根木条当床板的木条床），吃的是'炮弹皮'（就是地瓜干粥，没有几粒米的那种稀粥），好在人家是劳动模范，哪会计较这个？"曾梅芳给了覃师彩一个温馨的小家，养育了两男三女，相夫教子，这个广西壮族自治区的劳动模范自个儿却在盐场一直是打临时工，一个勤勤恳恳、任劳任怨的临时工，想不到的是竟然"临时"了一辈子。覃师彩很能干，也很能说，但从来不向组织上提个人的要求，他说为了自己的事他张不开口。如今已经四代同堂的覃师彩，每每想到这点，心里依然是对妻子十分愧疚。

"今天晚上要下大雨了"

"迎娶了劳动模范，您更全身心投入盐场这个大家了吧？讲讲盐场那些难忘的事和危险的事。"

"是啊，小家完全不用我操心了，我就一心一意操心盐场的生产。"建场了，成家了，而且还是与一位劳动模范成家，覃师彩的干劲空前高涨。建场后，他被任命为初级池组长，管十多号人。初级池相当于卤水进盐田后的"新兵连"，卤水含盐度低，停留时间短，工作量大，十分辛苦。1961年9月98号台风袭击莺歌海，狂风暴雨中覃师彩第一个冲出去，带领工友检查防洪堤，从排一沟、排二沟到排三沟，一个闸门一个闸门地巡逻，一个晚上没睡觉，确保不决堤，确保盐田安全。

开始几年，谁都是从头学，都是新手，覃师彩就带头学，还养成了天天记工作日记的习惯。起初只是记技术要领、工作备忘，后来又扩展到学习安排、学习体会、职工生活等，内容很全。他说记日记就像吃饭干活一样，是每天都要做的必修课。1965年某月某日的工作日记是这样写的：

1.（贯彻）一手抓生产，一手抓生活的方针，在安排生产工作的同时，安排好职（工）生活，凡是职工的衣食住行和生老病死以及休息、文化、娱乐等方面，都要关心。

2. 在当前生产建设高潮中，特别要注重职工劳逸结合，这是组织生产、保护职工身体、革命热情的重大问题。

3. 全面关心群众生活，做生活工作，根本方法（是）发动群众、依靠群众力量解决困难。

4. 生产中，要注意安全生产，抓好劳动保护工作……

1972年，覃师彩调到高级池任组长，高级池的卤水含盐度高达二十多度，遇到风雨天，就要保卤缸。保卤缸这个活要两个人配合才能放下闸门。"也就是1972年吧，有一天场部广播说'今天晚上要下大雨'我一听，赶紧组织大家保卤缸，千万不能让雨水漏进去！我紧急叫来了十几位工友，两个人一个滩分头去关闸门，一滩二滩三滩作了分工，披上雨衣紧急出发。风雨天的盐田黑乎乎的，女同志怕踩到蛇不敢下去关闸，我便带头下去。最远的那个滩由我去。自己负责的闸门关好了，再检查别的闸门是否关好。等到巡查完毕，已经是后半夜了。最早去，最晚回来，组长就应该这样。"

从初级池到高级池，覃师彩一直担任组长，几十年，都成组长专业户了。他带的小组是先进小组，他本人几乎年年先进，"先进工作者""优秀共产党员"的奖状证书堆成山，"这都是我家那位帮我整理好放起来的，她很珍视我的荣誉。"

覃师彩也很珍视这一切。他还想回广西老家一趟，看望已经一百零八岁高龄的大嫂。他说他现在经常闭上眼睛就会

▼建场初期的业余文工团工地演出

看到莺歌海建场的往事；看到当组长的那些日子，在风里雨里冲在前面的场面，像放电影一样。他说组长是他这辈子当的最大的"小官"，这是他的光荣，永远的光荣。

（高光辉　采写）

爱与坚守

熊春招，女，81岁，广东梅州人，曾在老家生产队做记分员，1966年来到盐场后，担任小组组长。

最爱说的口头禅是"处处都有难，吃苦当成乐"。

最难忘的一件事是刚来到盐场时，在一片荒地上开荒，时间紧任务重，累到浑身伤病，甚至肩膀因挑草挑出了一边高一边低。也有一些人坚持不下去离开回老家了，但是她坚持了下来，并且一坚持就是一辈子，与在盐场从事宣传科科长的丈夫龚学珠一起在盐场留下了他们的足迹与汗水。

从前车邮马慢，一生只够爱一个人

"您和您爱人是怎么认识的？"

熊春招的家里很简陋，不大的屋里井然有序地摆放着一些老物品，一台老得不能再老的黑白电视机躺在后面。她略有些拘谨地坐在素色的桌子对面。顺着她的目光，能看见电视机上赫然摆着一张黑白色的老全家福。

熊春招笑一笑，眉间是岁月沉淀下来的平和："这是我爱人拍的，可惜他已经过世了。"

"我爱人叫龚学珠，"熊春招转头，神色里竟然有一些小女孩的顽皮，"我们在一起一辈子，但结婚只用了三天，很不可思议吧？我们第一天见面，第二天提亲，第三天就结婚了。"

她走进房间，出来的时候手上多了一沓信，里面是一封又一封笔锋遒劲的信。时代遥远，但是依旧能看出写信的人落笔时候的沉着、笃定。信里的文字并不多。特别的是，里面竟然附了一张自制地图。里面的地图绘制路线图十分详尽，详尽到写清楚了怎么出发，怎么到火车站，怎么上车，到哪个站点下车，再怎么走——画得清清楚楚。

"哈哈，这是刚结婚以后，他让我去找他特地为我画的，他聪明吧？"熊春招忍俊不禁："我按照他画的图去找他，但是，到下车的地方，我乱了，他百密一疏，居然只画了到目的地终点的名字，却忘了告诉我，我要下车的站名！"

"那您怎么找到他的？"

"我看英德站下的人非常多，我也就一起下了车。下车以后，我去问英德站工作人员，这里离韶关还有多远？答复说还有好几站。我没办法，就只能沿着铁路继续往前走。走到天都黑了，走到脚都没了知觉，好不容易才走到韶关站，在候车室睡了一夜。睡醒后，看到竟然有和我爱人穿着一样军装的军人，我就立刻跑了过去，问他是否认识我爱人。还好，他说认得！我赶紧让他带我去找他。路很远，还都是山路，比从英德到韶关的铁路难走得多，我从早上7点一直走到

◀劳动中的女盐工

中午11点。

"等看到我爱人的那一刻，我觉得一切都值了。他夸我很厉害。之后每次他说想让我去他那里，就会给我写信。只要他让我去哪里，我就去哪里，而且我也一定能找到他。"

"可是每一次都这样，您不会觉得很累吗？"

"可能我自己个性就是那种不怕吃苦的。那个时代不比现在，你做什么不难做、什么不苦啊？只要认定的事情就去做，不会觉得苦。如果怕辛苦，我后面怎么可能去盐场，又怎么会心甘情愿在盐场待一辈子？"

熊春招轻轻地擦拭着本就一尘不染的老相框，温柔地注视着相片里爱人的脸，仿佛在喃喃自语，又仿佛在回答问题："不累，一点也不累。如果有下辈子，我还要嫁给他。"

铿锵玫瑰　坚守岗位

"您是如何坚持下来的？"

熊春招刚来盐场的时候，想过条件会很艰苦，想过日后的工作和生活会很难，但是从来没有想过会难到这个地步。从生活优渥的梅州来到这里，目之所及处，都是一片片荒草。刚来的时候，她做的都是以前在梅州没有接触过的苦力活，挑草挑盐，甚至在三曲沟水库挑石头，成天成天地挑，肩膀也被挑到一边高一边低，现在都仍然有伤病的痕迹。住宿环境也是她从来没有想过的差。因为没有油发电，一到晚上11点就准时停电，而最让熊春招接受不了的，还是邻里之间，椰子叶当墙隔开彼此，人与人之间毫无隐私可言。

"那么苦，您还是选择坚持？"

"做人嘛，哪有不吃苦的？自己选择的路，就要走好它。"坚守的观念在以熊春招为代表的一代盐场人的心中早已根深蒂固，她回答得十分自然："况且，后面也熬出感情了。"

在盐场扎根后，熊春招很快怀孕了。虽然也在意料之中，但当时的熊春招并没有多少喜悦。相反，当时的她更多地在担忧以后的工作："我正是身强力壮的年纪，怀孕是不是不方便以后工作？盐场建设还需要我，小组工作还需要我带头，这个时候怀孕会不会耽误整体工作的进度？"

事实却并非熊春招想象的那么糟糕。"因为我女儿很听话，她知道我没有工夫去休息，所以从来不在我的肚子里闹。"熊春招说得云淡风轻。在她的语气中，仿佛扛在她孕期肩膀上的盐都变得轻飘飘起来。

　　就这样，已经怀孕的熊春招依旧没有一丝懈怠，孩子在她的肚子里慢慢长大，一个月，三个月……到八个月，她从来没有请过一天假。她的工作也并不容易，要将盐挑到火车上。他们小组6个人，要在一节车厢内，装够30吨的盐。工作强度大到每每晚上她回到家脱下衣服的时候，肩膀早已磨出了血印。

　　她反复强调，在这6个人中，她是组长。她告诉自己，怀孕不是借口，怀孕也不是让别人承担自己那部分工作的理由。她是组长，她理应承担更多，她的怀孕更是远远比不上

▼巾帼不让
须眉

她肩膀上的小组长担子的分量。

后来盐场的很多人说起来，都记得当时怀着八个月身孕的熊春招挺着大肚子，在火车跳板上踉踉跄跄地挑盐的身影。

"这么大个肚子了，怎么还做这些活，您怎么敢呢？"

"因为我是组长，只有我带头，他们也才能更有干劲。组长都去休假了，组员肯定也受影响！"熊春招淡淡笑着，在她的语气中，仿佛不论病痛还是怀孕，都是不能让她停下来的理由。坚韧，坚持，就是她身为盐场人刻在骨子里的观念。

"后来呢，生孩子的时候，您总休息了吧？"

她笑着点点头："是的，我休息了，但是还有我爱人在。当年不比现在啊，什么都不是停下工作的理由，我们要对自己负责，对别人负责，更要对盐场负责。"

整个孕期，熊春招一直坚持工作到生孩子的前几天，而无须任何交代。在生产的那几天，她的爱人龚学珠更是自觉且默契地接过了熊春招的工作，在完成他自己繁重的工作任务后，同样挑起了熊春招的那一份责任和担当。

最后一次，为人民服务

"您爱人生前在盐场从事的是什么工作？"

熊春招的爱人叫龚学珠。在盐场的大半辈子，除了挑盐，他大部分时间都在从事宣传科科长工作，负责盐场的记录、报道及拍照。他要把盐场的创业史留下来，把一代代盐场人的风貌留下来。他起早贪黑，不分昼夜，不是在盐田、场区，就是在暗房。而酷爱乐器、绘画，身怀浪漫情怀、富有艺术细胞的龚学珠，是当时莺歌海盐场一带远近闻名的摄影家、艺术家。

"他真的很爱拍盐场。"熊春招轻轻地开口，眼角有些湿润。

在那些老照片里，仍然看得出他们夫妻俩对盐场浓厚的依恋。相册有很多本，每一本都被保存得完好无损。从20世纪80年代、90年代，到21世纪，每一张照片都被塑封，完好如新。在他的镜头下，20世纪的盐场和21世纪的盐场可谓是沧桑巨变。

退休后，龚老仍然坚持这项爱好，在家里开了一间小小的照相馆，承接零碎的邻居拍照需求。不过没有多少，更多的是记录盐场的点点滴滴。下盐田陪同调研，他当摄影记录。因为他照片拍得最好，所以每当有摄影任务，大家第一个想到的就是他。

"他这一辈子，扛着一个相机，都献给盐场了。"

熊春招眼中又带上了些追忆的痕迹，平和地微笑着翻动照片，"只可惜，拍到2017年，他就没了。"

该是享受晚年的时候了，龚学珠却病了。肚子痛，夜不能寐。检查结果出来了，是胃癌晚期。熊春招傻了，心揪得生疼：他疼了这么久，怎么就没早一点引起重视呢？

龚学珠的病情越来越严重，但是他没有告诉任何人，也不让熊春招告诉任何人。当"癌症晚期"四个触目惊心的字打在他的病历单上，当熊春招哭得泣不成声的时候，厂里竟然还有人打电话给他，让他陪同拍照。

"他不知道嘛。"龚学珠安慰着熊春招。

熊春招说什么都不让龚学珠去。事实上，他的身体已经不足以支撑他扛着相机东奔西跑了。那些日子，熊春招清楚地看着爱人一天天地衰弱下去，她不知疲倦地照料他，只希望能多延长他哪怕是一天的生命，她怎么能让生命已经走进倒计时的他再去烈日下奔走呢？

说到这里，熊春招终于还是没忍住哭了起来。

"他非要去不可，"熊春招抹了抹泪水，可是才刚刚将泪水擦干，又有新的泪水从手指缝间涌出，"谁都劝不住他，谁都拦不住他。"

"他拿着相机出门前，跟我说了一句话，我到现在都忘不了，他说，'最后一次了，为人民服务。'"

熊春招的视线再次落在墙壁上："胃癌都是痛死的，吃不下，又饿得难受，饿到死痛到死，他是活活痛死的……"

熊春招陷入了回忆的沼泽，语气中带着叹息和恍惚。

龚学珠过世以后，依然有络绎不绝的不知情的人来到家里请龚老帮忙拍照。当得知龚老过世后，大家惊讶之余都是无法言表的不舍与哀思。

龚老将自己的一生都奉献给了莺歌海盐场，而正是有他们这种有韧劲与硬度的人存在，才会有莺歌海盐场从一片广阔荒地变成富庶的万亩盐田的今天。

留魂莺歌海，梦萦爱人湾

"为什么女儿孙女都选择留在盐场工作？"

访谈中，熊春招的孙女推门进来，正是同样在盐场工作，生于1996年的龚芷玄。

熊春招的女儿、孙女，也都继承了她的盐田事业，他们在盐场长大，在盐场读书。

"女儿工作的时候，盐场条件已经好一点了，也没有那么累了。她主要做编织，编织土筐，很能吃苦耐劳。在盐场长大的孩子，都自然而然会有盐场的精神，吃苦耐劳都是刻在骨子里的。"说到女儿，熊春招语气里满是骄傲，而一旁的孙女龚芷玄也抢着发言——

"我的大姑很勤劳，也很孝顺，会做菜煮饭，从小到大都很照顾弟弟妹妹，也很照顾我们。后来与在盐场认识隔壁车间队的大姑爷结婚了。两个人在盐场退休后跟着孩子去了外地，可是还是常回来这边，对盐场可有感情了。"

龚芷玄亦然。自前两年前从西安外国语大学日语专业毕业后，直接回了盐场，完成了从学生到职员的转变。从熊春招当年为盐场挑盐开荒，到女儿为盐场编织创收，再到芷玄现在从事党建文化相关工作，他们三代人，正好见证了盐场一个时代的成长。

"芷玄你为什么毕业后不考虑去大城市，要来这里呢？"

"因为我阿婆说，她这辈子哪里也不去，就在盐场，我要来照顾阿婆，况且这里也是我的故乡。我能够为它越来越好出一份力，也是很幸运的事情啊。"

"爱人不在了，孩子也不在这边，为什么不考虑跟着儿女去外地过更好的生活呢？或者回到您的故乡梅州，应该也有亲人在那边吧？"

熊春招笑着摇摇头："盐场就是我的故乡，我的第二故乡。我的事业在这里，我的爱人葬在这里，我的一生都在这里，我哪儿也不去。"熊春招双眸熠熠闪烁，仿佛看到了自己的未来与结局。

"为什么对莺歌海盐场有如此之深的执念？"

"这里是我的魂，我的根，树没有根是不能生存的，人没了根又怎能存活？"

熊春招说，她有太多的不舍，不舍这片流血流汗的盐田，不舍那些羊肠小道变成的沥青路，不舍那风吹摇晃的茅房变成的新房，不舍那魂牵梦萦的爱人所在的地方……有太多的不舍。

她见证了盐场从无到有，从小到大，从弱到强的发展历程。

"我在家里搞了个小茶座，"熊春招指了指窗外，"喏，就是那里，时不时有人都会来这里坐坐，听我讲讲以前的故事。

"我已经老了，干重活也干不动了。平时我也常给芷玄讲讲我在以前的经历，我希望她听完我和盐场的往事，也更爱盐场，为盐场做一些力所能及的事情。

"现在对我来说最开心的事就是守着我们这一代人打下来的基业，看着一代一代的青年人来参加莺歌海盐场建设。莺歌海盐场越来越好就是我今生最大的梦想。

"芷玄是个好孩子，我在她身上看到了很多盐场人身上的影子，能吃苦，很坚韧。日子虽然好起来了，老盐场人的精神不能丢啊。我也相信他们不会丢掉老盐场人的光荣传统——就是你刚刚说的莺歌海艰苦创业精神。

"盐场对我来说，就好像自己亲手养大的孩子有了出息，付出了心血，又怎能不希望它更好，希望它越来越好呢？

"盐场前阵子建设了一个党建文旅基地，很漂亮。"说到这些的时候，她的话一下子变多了，十分骄傲地介绍起来，"芷玄也出了力的，她带我去看了看。"

熊春招说，不久以前，她在孙女的带领下，来到了盐场新建好的党建文旅基地。她放眼望去，已全然不见曾经的破败陈旧。宽敞的道路，历史文化气息浓郁又不失美观的各类建筑设施……到处都是一片欣欣向荣的景象，她颤颤巍巍地漫步参观海盐文化馆，听解说员娓娓道来盐场建场至今的发展历程，特别是海南控股接手后如何推动盐场焕发新活力的故事……似乎有那么一刻，她仿佛回到了那个艰难的岁月里，与爱人结伴在老盐场又走了一遭，从创业到辉煌、市场冲击下衰败、再重新走向辉煌的历程。

在木屋处，芷玄为奶奶亲手做了一杯招牌老盐柠檬水，原料是那些储存三十多年积淀长久、味道醇厚的老盐。熊春招轻轻抿了一口，来自他们那个勤勤恳恳年代积淀的老盐，酸酸甜甜的滋味不正是人生吗？此时此刻，孙女紧紧牵着她的手，而眼前，是盐场一望无际湛蓝湛蓝的天。

（孙行树　采写）

盐二代王希朴：
创业的英雄到哪里　哪里的江山更可爱

王希朴，年龄最大的盐二代。1944年生，祖籍辽宁。1958年，14岁的王希朴跟随部队转业的父亲王庭熙来到莺歌海，16岁参加工作，先后做盐工、气象站工作人员。每每回忆起那时的岁月，他总是笑着笑着就哭了……

最喜欢说的一句话：奋斗的精神要代代相传。

没有粮食的岁月 自己种菜

"刚到莺歌海，军工和家属的日子过得怎么样？"

1958年，一支以中国人民解放军转业退伍官兵为主体和技术干部、地方干部、民工相结合的建设大军来到莺歌海。他们自己动手修路、挖井、建茅房，安营扎寨，提口号、下战令、搞竞赛、夺红旗、攻堡垒，向着这块荒原开战。原定三年建成的莺歌海盐场提前一年完成创建。

王希朴的父亲王庭熙，就是当时从部队转业的官兵之一。而十四岁的王希朴跟随部队转业的父亲来到莺歌海，创业扎根，就再也不走了。

少年王希朴一直在"流浪"，从辽宁到黑龙江，从黑龙江到广东汕头。"大娃，我们要去一个新的地方了，那是个有海的地方。"父亲的信给这个少年带来憧憬和好奇。

父亲在幼年王希朴的记忆中一直是"钢铁"般的人物，他曾参加中国人民解放军0951部队，经历过三大战役、黑山阻击战，荣立一、二等功数次。能马上到父亲身边生活了，让这个少年心中充满了幸福感。

和那时的很多军工家属一样，当经历了海上漂泊和陆地长途跋涉到达莺歌海之后，他哭了。这个少年眼里除了陌生的荒滩，还有推开门，在一排草房的尽头，用椰子叶编织的墙和一个个木格子搭的床。

更重要的是，没有粮食，对这个刚步入青春期的孩子来说，饿是每天的必修课。

家就在盐场工地的隔壁，每天伴着号子声起床，经常看到一群人打着手电筒就出去干活了，一直干到太阳落山，再打着手电筒回来。每天很累，每天大家一起生活一起干活又觉得很温暖。

一起种菜成为军工八小时外的"乐趣"。哪位军工从家乡寄来了种子，都会问一句，有没有要一起种菜的同志？听说空心菜容易种，十四岁的王希朴就要来了空心菜的种子，学着种菜，菜长起来了，一家人每天都吃。在那个年代，空心菜成为大家餐桌上的"主食"，"你的空心菜长多高了？""你的菜开始吃了吗？"……那些人一起组成了"种菜组"，每天一有空聊的就是如何种菜，十四岁的王希朴是"种菜组"里年龄最小的成员。那些岁月里，军工们教会了这个少年如何种菜，如何野外生存。

"一家人每顿能吃三四斤空心菜。"所有人的主菜大概都只是空心菜、木瓜，还有偶尔去海边能买到些小鱼小虾。有时候把那些鱼虾熬成虾酱吃，炒空心菜时放一点，吃一顿难得的美味，那是极为奢侈的事情了。

日子很苦。那时候的莺歌海，咸咸的海风，炙热的太阳，缺少粮食和淡水，睡高低不平的木格子床。但是军工和家属们教他种菜，平凡艰苦岁月里的有说有笑，成为他少年时光里最大的快乐。

看见抢帅旗　记忆里的"大战"

"奋斗的种子在什么时候发芽的？"

少年王希朴每天被饥饿困扰，每天想的是怎么能多吃一点东西。然而每一天，都被一种精神感染着，父辈们艰苦奋斗的干劲影响着自己，心底的一粒种子也在萌芽。

有一天小学放学的时候，他被家隔壁施工场地里激昂的歌声和口号声吸引。

"同志们，我们时间紧任务重，哪个连可以攻下？"

"我！""我！""我们！"……台上，红黄的帅旗迎风舞动，一面"帅旗"插在台中央，军工们一队一队站好，每队队首都站着一名抢"帅旗"的旗手，弓着腰准备冲杀，"一二三……开始！"主持人一声令下，几个连的代表都冲上去"抢帅旗"，旗子瞬间被"抢光"了。"同志们的热情很高，你们都抢到帅旗了，这是几大'战役'中最难啃的，我们攻下它！"

他被这个场面深深感染了。

"大雨小干，小雨大干""白天干一天，晚上加一班啊"……大家喊着口号，吹着号角，唱着歌，谁都不甘落后，你追我赶的劳动场景深深地烙在他的脑海中。在劳动力不足的情况下，建设中的盐场大搞群众运动，掀起一波又一波的建场高潮。施工中的急、重、难工程，采取大会战的形式，先后组织"淮海战役""大战西北区""春季战役""会战铁路联络线""大战十三昼夜"……在无数次规模浩大的生产运动中，"抢帅旗"活动都热火朝天地进行。

王希朴和其他的军工孩子一样，一放学就跑到高坡上去看你追我赶的劳动竞赛。"点将挂帅""对手赛""对口赛""一条龙挂钩赛""技术表演赛"等多种形式鼓舞斗志的劳动竞赛的名称和场景他还记忆犹新。

在那个高坡上，王希朴见证了和父亲一样的军工们将工作量达86551立方米土方的"大西北区"计划需6个月完成的工程，经组织3000多人进行大会战，只用3个月就完成了任务。那时候每天都被火热的劳动场景感染着，这些像教科书一样的场景在他的灵魂深处根深蒂固。

腿上的伤——我是你一生印记

"腿上的伤是怎么回事？"

1960年，16岁的王希朴加入了盐场生产的队伍，瘦瘦的肩膀，扛起180斤的盐筐。

"崽儿啊，你能扛得动吗？一般的人都背100公斤，你那组组长杨开武一次能挑120公斤重，你能挑多少公斤？"虽然盐场有很多青年盐工，但是16岁的王希朴瘦弱的身体还是让父亲捏了一把汗。

"放心吧爹，无论如何，我都不会给您丢脸，我要扛很多盐。"他坚定地说。

第一天上班的王希朴，背着硕大的盐筐走在卤水池边。第一次背盐筐，他每一步都格外艰难。看着周围人飞跑着干活，他也坚持着，然而放下盐筐的那一瞬间，两条小腿被沉重的盐筐挂住，瞬间鲜血流了出来，钻心的疼痛透过哆嗦的双腿一直疼遍全身。

泡在卤水池里的受伤的腿，他以为几天就会好起来，然而，谁也没有想到鲜血过后就变成了水泡。从此，在他做盐工的那两三年时间里，伤口会经常裂开，反反复复，盐水浸

▼1960年
"大战中六滩"

泡的伤口在几年后形成了密密麻麻的疤痕。

很长一段时间，王希朴脚踩在盐上的第一反应都是疼得一哆嗦。后来直到几年后出去学习，腿上的伤才彻底愈合，而愈合后形成的这些疤痕伴随着他一生。

"那么疼痛你为什么不休息一下等伤好了再上班呢？"几年后，王希朴遇到一位女盐工，女孩忽闪忽闪的大眼睛里写满了心疼。他憨憨地笑着，给女孩讲记忆里的那些故事，讲那群不远千里、不辞辛苦你追我赶拿命建设莺歌海盐场的人……后来，那个女孩成了他的妻子。

与"战友"们比比，余生的日子都是甜的

"挑盐的日子苦不苦？"

在后来的很长时间，挑盐、装包成为王希朴的日常。劳累和饥饿经常伴随着这个瘦弱的少年。在一个阳光刺眼的午后，他又饿又疼，在挑完100个100公斤的麻袋后，肩膀疼痛的他就坐在盐山上哭了。又累又饿让16岁的他觉得不堪重负，哭着哭着盐场的广播里又响起熟悉的歌曲《三大纪律八项注意》。

在产盐初期的盐场，这首歌就像冲锋的号角一样。"要

下雨了，抢盐了！""火车要来了，抢盐了！"无论在哪个岗位的人们都会跑过来，干部的家属们也都去挑盐，迅速地帮着收盐。看着在歌声中抢着干活的"战友"，他擦干泪水，一瞬间忘了饥饿和劳累，又有了动力。

他的动力来源于那些用实际行动感染他、鼓舞他的"战友"，还有那些再也不能相见却一辈子烙刻在他心里的"战友"们。

"我的生活中没有碰到过困难，我遇到的困难和他们相比实在微不足道。"想起盐场初创时期那些老工人们，他拼命挑着担子往前冲，跌倒了爬起来继续挑。

在王希朴的记忆中，有些"战友"的名字一提到就忍不住流泪。孙圣超是他刚到储运连的指导员，也是跟着父亲一起到莺歌海的"战友"。推盐的车有的轻便，有的笨重。每次孙圣超都会选择笨重的车，别人推8包盐，他就会推10包盐。亲力亲为、不怕吃苦、艰苦朴素是大家对他的普遍评价。然而，在一个海风习习的晚上，开完会后，本来大家相约一起去海边买些小虾给家人和工友做虾酱炒地瓜叶改善伙食，然而王希朴的父亲还要参加另外一个会，孙圣超只能光着脚先走了。

"指导员，您不穿鞋吗？"王希朴关切地问。

"不穿了不穿了，留着鞋挑盐的时候穿。"孙圣超满不在乎地回答。

王希朴没有想到，这竟然是两个人最后的对话。

孙圣超去海边买小鱼小虾，通往海边的路很黑很曲折。那时候的莺歌海，经常有蛇出没。他踩到一条毒蛇，坚持着返回到指挥部。他疼得汗流满面地告诉大家他被蛇咬了，就陷入了昏迷。

"被蛇咬后，再也没看到他。听说指导员后来被拉到广州，在昏迷之前，还惦念着盐场的工作。"很多年后，王希朴给儿孙们讲述那时的莺歌海故事，依然会说，如果他没有被蛇咬，应该是个英雄。哦，不是如果，他本来就是个英雄！

他常说："我很怀念过去的人，盐场是大家拿命干出来的，个个都是大英雄。那些战友，皮肤像包公一样黑，心却和盐场的盐一样纯洁。与他们吃的苦相比，我们余生的日子都是甜的。"

我爱莺歌海　盐田如雪白

"为什么这么爱莺歌海盐场？"

"我爱莺歌海，盐田如雪白……"1969年王希朴去部队深造，1975年去湛江气象学校学习。这首《我爱莺歌海》他走到哪里唱到哪里。刻苦学习钻研的精神也是走到哪里带到哪里。当时很多人劝他离开莺歌海，可是学成归来的他还是回到了莺歌海。

"因为我爱莺歌海，我爱盐场。这些老盐工们，他们是我最好的老师，盐场是他们拿命干出来的，他们是我的榜样，我们的英雄！"这种融入骨子里的热爱让王希朴像椰子树一样在莺歌海深深扎根。

"不要忘记老一辈留给我们的财富，不是物质，而是精神，我们前进道路上可以用的。"退休后的他，经常给外孙女讲莺歌海盐场建场时的故事。

每每此时，他都掩面而泣。他说，那些人都是英雄，父亲也是。2000年，已经79岁的老父亲不小心摔了一跤，导致昏迷。在医院醒来后，知道了自己病情的他，拒绝治疗，对妻子和盐场领导说："我老了，盐场现在有困难，还有很多老工人看不起病啊，把钱省下来，给更需要的人看病吧。"在场的人泣不成声。不久，他父亲带着一个军人的坚毅和坚守，安然离世。

那些刻骨铭心的场景历历在目，工程任务很艰巨，仅土方就达1000万立方米。原设计要施工机械80台，劳力2万人，3年完成。但机械和劳力实际上到位不到一半。从部队转业和退伍的5600名官兵乘船来到莺歌海，加上当地民工，并没因条件差而气馁，几千名军工顶烈日，斗风沙，战暴雨，昼夜奋战，共组成5个施工工程队，总人数9200多人，高峰期达1万多人。他们在"三少"（基建队伍少、劳力少、机械少）和"三多"（任务多、工种多、项目多）的条件下，发出了"一当十，十当百，誓把荒滩变银山"的誓言。

后来他一直思考，那个时代的人吃不饱、穿不好，很多人还得了水肿病，工人一个月的工资也不多，为什么可以克服种种困难一往无前地往前冲？正是这些受过党的教育，经过部队锻炼，具有高度觉悟，热爱祖国、热爱社会主义的英雄儿女们，以自力更生、艰苦奋斗的行动，谱写了莺歌海盐

◀ 建场之初，生产队伍一开始是2个试验小组共20多人，1959年2月增加到300人，年底增至1000多人。1961年，从试产转为局部生产

场建场的奇迹，仅用两年时间，就把这片荒滩变成初具规模的大盐田，兑现了自己的誓言。

"我爱莺歌海，盐田如雪白，清清的流水飘着红云彩……"退休后的王希朴依然每天哼着这首歌。一代代莺歌海人用汗水换来了雪白的原盐，还给后人留下了宝贵的精神财富：莺歌海艰苦创业精神。"创业的英雄到哪里，哪里的江山更可爱……"63年过去了，饱含深情的歌声依旧在这个安逸的盐场小镇上空飘荡……

（臧会彬　采写）

邢土培：从围观者变成建设者

邢土培，男，1950年7月生，海南乐东人。1967年通过招工进入盐场，从此开启盐场职业生涯，在盐工、技术员、统计员等岗位工作过，2010年退休。退休后仍发挥余热，为年轻一代讲党课，讲述盐场的峥嵘岁月。

邢土培内心深处最清晰的声音，便是六十多年前他孩提时期亲眼所见、亲耳所闻的盐场第一代建设者的拼搏、呐喊。

长大后，我就成了你

"您是如何与盐场结缘的？"

1960年的一天，莺歌海盐场附近丰塘小学的一名一年级学生出于好奇，路过盐场施工现场时看了看。未曾想，这一看，竟与盐场结下一辈子的缘分。

　　这个十岁的小男孩名叫邢土培，家住盐场附近乐东佛罗镇丰塘村，是土生土长的海南人。有一段时间在他放学回家路上，总能看到村边的那块工地有很多人在挑土，非常热闹，小孩们就被吸引了过去。

　　"我们远远地看到工人挑起土筐之后就往回跑，有些还喊着口号'冲啊''快啊'！"这场面给小小少年的心灵留下一个不小的震撼。以前邢土培看大人挑土，都是把筐放下来，铲满土，再挑走。但眼前的军工挑土跟自己见过的不一样，他们都是流水线作业，铲土有专人，挑土有专人，铲土的人把土装满，挑土的人一来到，放下空筐立马换上装好土的筐，调头就往堆土的地方跑去，一刻不停，速度非常快，效率非常高。

　　"看到这个火热的劳动场景，我非常感动，当时就想，他们怎么干劲这么大？厉害！了不起！"

　　小伙伴们围观的这片地，原本是长满芦苇的大水塘，但几个月之后，当小伙伴们再去看，这里已经变成一片平地。"像梯田一样一块一块的，很漂亮，我印象很深。"邢土培说。

　　给邢土培留下深刻印象的这个场景，正是盐场1960年上半年开展的劳动竞赛"大战西北区"，这次竞赛在盐场建设史上也是浓墨重彩的一笔。"当时看到军工干活的干劲我很受鼓舞，就想着，如果有机会能去盐场像他们一样工作就好了！"小小少年如此感慨，一颗向往盐场的小小种子就在心中播下了。没想到，七年后，真的如愿以偿。

　　1967年，盐场面向周边农村招募临时工，当时的丰塘公社在大队里发布招聘信息。十七岁的邢土培听到消息就报名参加招聘，顺利被选上成为一名盐工。这是邢土培人生中的

◀当人们看到亮晶晶的原盐，脸上挂着汗珠也挂着微笑

第一份工作，从此开启了他与盐场的缘分，一干就是一辈子。

第一天上工，首先是集合开会，当时的场景邢土培至今仍历历在目。"那批盐工很多互相之间都认识，有些还是同学，到现场见面了都互相打招呼：'嗨，你也来了！'"邢土培回忆道，"当时盐场是产量较高、效益较好的时候，能进盐场做工，是很多人向往的。大家都感到很自豪。"

邢土培进盐场后第一件工作是加固防洪堤。盐场的活，无论是劳动强度还是时长，都比原来务农要辛苦许多。原来务农每天就是"磨洋工"，只干两小时，而盐场一天要干足8小时，上午4小时，下午4小时。"虽然比原来辛苦很多，但也不后悔，大家年龄相当，很合得来，休息的时候打打闹闹开开玩笑，时间也过得很快。"

像邢土培这种来自周边农村的，属于民工。盐场第一代建设者除了5000多名军工外，还有两三千名民工。

和邢土培同批进场的一名女工，由于干活时觉得太累，经常抱怨。邢土培听到后，对她说："你觉得累啊，你不看看以前大战西北区那些军工，挑土中途一直都没有休息，都是你追我赶的，当时大家都还有水肿病。我们现在还有休息，饭还能吃饱，已经很好了！"

女工听后十分惊讶，以前竟然这么辛苦，从此以后再也没有抱怨。

"挑盐之旅"和"背包大战"

"印象最深刻的工作内容是什么？"

挑盐和"背包"，是邢土培盐场生涯中干过最辛苦的活，所以印象最为深刻。

挑盐好理解，顾名思义就是把盐从一处挑到另一处，这里的盐是没有装包的散装盐。"背包"是什么？"背包"指的是扛盐包，把用大麻袋装好的盐从一处扛到另一处。

1969年，盐场年产量达到二十七万吨，当时属于盐场产量的高峰期，盐多到什么程度？目之所及都是白花花的盐，多到盐场里放不下。经过与地方政府协商，协调了在老火车站旁边集中堆放，这就开启了盐工们的"挑盐之旅"。

盐工把盐堆叫作"坨墩"。邢土培回忆，坨墩有十几米，差不多五六层楼那么高，形状像座尖细的小山峰。"是大家故意堆成这种尖尖的形状，因为这样的形状，碰上下雨，雨水可以沿着盐堆快速往下流，不会把盐融化。"

要把散装盐堆成这种形状，得从上往下倒盐，这可不是件轻松事。坨墩旁边立有木架子，工人们得挑着盐爬上架子，从坨墩的顶部往下倒盐，坨墩越堆越高，每次挑盐就得越爬越高，所以越往上越累。

"平时不挑东西往上爬都累，何况还要挑着盐上去。"邢土培说，"那时候我们年纪不大，看到老工人都拼命地干，我们自然也不甘落后。"

没过多久，国家调运工业盐，盐场积压的盐要从火车站运走了，大家就开始"背包"，这就开启了"背包大战"。最开始背的包是离站台近的，二三十米距离，一背上去卸下来就完事了，倒也还没那么难。慢慢地，近处的运完后要运距离远的，远的有两三百米，这就累了。

"首先要把路远的盐包移到站台，盐包一般是75公斤一包，麻包本身1公斤一个，最重的时候我们背过100公斤一包的盐。"邢土培记得很清楚，麻袋是90厘米×90厘米的尺寸，看上去很大，背上肩膀把人都挡住了。"一开始顶不住，盐包背上身，腰很久才能直起来，后来才慢慢习惯。"邢土培笑道，海南人有一句俗语叫"远路的鸡毛变成铁"，意思是即便再轻的东西，距离远了就觉得越来越重了，何况是75公斤的盐包要跑两三百米的距离。

背的时候还不是最难受的，反倒是休息的时候双腿僵硬，走路都迈不开大步，蹲下来大小便都困难。"但是我们看到老一辈工人们都坚持不懈，我们也坚持下来了。"每当觉得辛苦的时候，邢土培脑海里都会浮现出老一辈军工饿着肚子、肿着腿、喊着"冲啊"的场景，瞬间就充满了力量。

"我们虽然辛苦，但是比起老一辈还是好很多，至少生活改善了很多，吃得好一些了。"

研发食用盐

"您最有成就感的经历是什么？"

日晒优质盐是盐场发展历程中一款非常重要的产品，标志着盐场具备了食盐的生产能力。而邢土培盐场职业生涯中最为自豪的一段经历，就是参与了日晒优质盐的整个研发过程，每每谈起，都津津乐道。

1980年，邢土培他们接到了研发食用盐的任务，当时他已调到盐业科学研究所工作。在此之前盐场都是生产粗盐，粗盐每隔七天至半个月收一次。由于粗盐颗粒较大，作为食用盐的话用量不好控制，所以都是作为工业盐使用。盐科所的任务就是在当时生产条件基础上，研发出便于食用的细盐。

食用盐的生产方式是通过调整动卤、收盐时间来调节食盐的粗细，但是具体多长时间间隔最合适，就得通过反反复复的试验才能得出。试验场地就在盐场西北角的几个结晶池。

"我们七八个人天没亮就要到工地，中午也要坚守，下午太阳下山了还要去。"要想试验出最完美的时间配比，只能全天候守在盐田，不断地试验在不同时间间隔下盐的形态。最开始，邢土培他们想尝试机械动卤，也就是用机械代替人工来搅动卤水，但经过一段时间尝试，机械始终达不到理想效果，于是又恢复了人工动卤。所谓动卤就是用耙子搅动卤水，粗盐是等盐结晶到一定程度才动卤，而食用盐必须不断地搅动卤水，以免结晶颗粒过大。

邢土培他们先从一小时动卤一次开始试起，这个时间间隔太短了，往往一轮动卤还没完成，一个小时已经到了，紧接着又要开始新一轮动卤，以致整个上午都在不间断地动

▼盐池施工

卤，效果并不好。经过一段时间试验，调整成每两小时动卤一次，效果不错，在工人作业合理的时间间隔以及结晶盐的粗细程度之间取得平衡。

动卤时间间隔确定之后，第二步是试验收盐时间。邢土培他们从两三天收一次盐开始试起，最后发现，每天收一次盐的效果是最好的，盐蓬松细腻，颜色很白，口感最佳。

本以为经过几个月的试验测试出了最佳的动卤时间和收盐时间就攻克了食用盐生产技术难题，谁知道，食用盐堆放置一段时间后会结块。

这又给邢土培他们出了难题。怎么办？为了解决这个问题，邢土培他们找了很多老盐工请教，也试了很多办法，都没能解决。直到有一天，一位老盐工给他们提建议说，场里有离心机，要不你们试试离心机能不能解决这个问题。于是，邢土培他们协调了场里的离心机来做试验，把盐和高浓度的卤水加进离心机里，用卤水来洗盐，洗完之后再脱水。这个方法果然管用，洗过的盐更白、更蓬松，杂质也被洗掉了，放多久都不会结块，而且氯化钠的含量还提高了2个百分点，高达96%的氯化钠含量，达到了优质盐的标准，后来还被评为省优产品。

"我们试销一下，效果很好，客户反应不错，因此就扩大生产，价格比工业盐提高了一倍。"

全程参与了日晒优质盐研发工作的邢土培，每当回想起这段经历就不自觉嘴角上扬："这是我最有成就感的一段工作经历。"

记忆二三事

"说说记忆里最能体现莺歌海艰苦创业精神的人和事。"

邢土培如今已到了颐养天年的年纪，2010年退休之后也一直生活在盐场这片他奋斗了一辈子的热土上，带着小孙子徜徉在熟悉的场区，记忆中的故人旧事不时涌上心头。

说起盐场的人，让邢土培印象最深刻的要数老书记许武天（2007年8月9日任莺歌海盐场党委书记至2016年7月退休）。邢土培回忆，2005年至2009年，这几年盐场的效益比较差，推盐的盐工不够，需要招临时工来推盐。而推盐工作强度很大，由于效益不好，也给不起太高的工钱，所以也招不够临时工。这种情况下，盐场就动员全体员工推盐，攻坚克难。

"推盐那段时间，除了出差，许武天书记都跟我们一起推盐，而且他不管装车还是推车，都抢着来，干在我们前面。"邢土培说，许武天书记压根就看不出是一个领导干部，尽管当时他已经快退休了，但是对繁重的体力劳动一点都不含糊。背盐包他也参加，并且总是在前面跑得最快的那一个。正是因为领导干部起到身先士卒的表率作用，不需要过多动员，员工们都干劲十足。

另外一个让邢土培发自内心佩服的人是女工王月秀。王月秀是女工七组组长，个子不高，但是特别能干。别人挑50公斤盐，她自我加压，挑60公斤，而且她敢讲敢做，对组员起到很好的带头作用。有一年，场里有挑石板的任务，一块石板50多公斤，一般是两个人抬一块石板。但王月秀不是，她和搭档一次要抬两块石板，比很多男工都能吃苦，足足比别人效率高了一倍。

让邢土培感触最深的是那一年王月秀的爱人患病去世，她怀着万分悲痛的心情，给爱人送葬之后的第三天就含泪回归岗位，化悲痛为力量，在工作中忘却痛苦。在她的带领下，女工七组被评为全场先进生产班组，她个人被评为先进生产工作者。后来，女工七组还被评为乐东县的先进民兵排，王月秀则作为代表在颁奖大会现场分享先进经验。

这些人和事，都是邢土培眼中莺歌海艰苦创业精神的体现。如果要用一句话来概括他心目中的莺歌海创业记忆，邢土培用了两个词："不畏艰辛，艰苦奋斗。"

"莺歌海盐场是盐一代不畏艰辛、艰苦奋斗的结晶。正是这种精神，激励着一代又一代盐场人在艰难中坚守，在企业转型的困境中不断开拓。"

（黄丹　采写）

"父亲母亲和我"

　　钟烈刚，男，1963年4月26日生于莺歌海盐场职工医院。其祖上曾是明末抗清名将、蒙冤名臣袁崇焕的传令官，为逃避官场灾祸携家眷从广东东莞西迁至广西玉林。钟烈刚的父母参与莺歌海盐场创建，是盐一代。其本人在盐场上的幼儿园、小学、初中。1978年9月，15岁高中还没毕业的他辍学在盐场采石场当了普工。1979年2月被分到制盐一分场生产三组当盐工，次年到木工厂，先后从事原木加工、油漆工。在木工厂加入共青团，曾担任团支部书记。1986年6月到莺歌海盐场驻广州办事处莺海楼招待所负责保安，一干就是27年。2013年回到盐场，目前在盐场退休办工作。

　　最自豪的谈资：当年我爸我妈在盐场……

　　最别致的口头名片：我是盐二代。

父子对话

"你认为作为盐一代的父母，对你影响最大的是一种什么样的品质或者说精神？"

"奉献。完完全全的奉献，舍小家顾大家，一心扑在盐场上。"

"能说说具体的事情吗？"

"有件事对我来说可说是刻骨铭心。1974年的汛期，也就是7月份吧，那一天我爸和我正在吃中午饭的时候，突然下起了雨，而且雨越下越大，一下子成为倾盆大雨。我爸赶紧放下饭碗，去抓雨衣。边穿边示意我过去。我凑到他跟前，我爸很郑重其事地（钟烈刚突然哽咽，用右手捂住眼睛静默了好一会儿）对我说：'海生（钟烈刚小名）啊，你是长子，下面还有弟弟妹妹三个。这雨这么大，防洪堤有危险，我是党员我得去，万一有点情况我回不来，你要带好弟弟妹妹，有困难解决不了可以找组织。'我那年十一岁，半懂不懂地点点头'嗯'了一声。我爸又交代：'你记住就好，不要跟任何人讲。'爸的这句话这么多年一直放在我心底，你是我们父子外第一个知道这句话的人。"钟烈刚说那时一家人分成两处，妈妈带着小弟和妹妹在一分场住，他和老二跟着父亲在场部住。他记得父亲说完就冲进了雨中……后来一直到傍晚大概七点多才回来。"我爸整个人就像从水里捞出来一样。他坐在凳子上脱下解放鞋，从鞋里倒出很多水来。我看到他的脚趾头都泡得发白起皱了。"

钟爸大名钟广盛，1933年8月出生，老家在广西玉林仁东镇龚村，世代务农。22岁（1955年）入伍，从战士，到班长、副排长，在部队入党。1958年3月退伍，直接从湛江部队到了海南莺歌海。虽说家里世代务农，可钟广盛从小聪明，读书用功，写得一手好字，吹拉弹唱都会，村里面红白喜事少不了叫他去帮忙。到盐场后当生产组组长，还担任政工员，写材料、搞宣传、张罗会议，拉拉杂杂什么都做。当时盐场道路两边的毛主席语录牌，就是钟广盛一笔一画写上去的。盐场电影院外墙的宣传口号，也是钟广盛的手笔。后来盐场成立文工团，钟广盛是骨干之一。再后来到劳资科做职员直至退休。年轻时的钟广盛头发浓密，发型方正，还带点波浪，非常帅气。多少年后，他长子说酷酷的老爸在生产上是一把好手，文艺上也是一把好手，但生活中对自己很严苛。

"我爸有胃病，是三年自然灾害期间饥一顿饱一顿落下的毛病。我叔叔在广西当医生，1975年帮我爸检查了一下，说'哥啊，你的胃已经糜烂不能做手术了，你要注意保养哦'。我爸一上班哪里还顾得上保养不保养的，在劳资科他的办公桌旁总是围着一大帮工友等着领劳保用品。忙着忙着突然胃疼了，他跑回家翻抽斗拿了药再上班去。有几次疼得实在扛不住了，他就拿个枕头垫在胃部下面趴着躺一会儿。

"勤俭节约这一点，我爸给我留下的印象也特别深。我家的餐桌上总有一盘小咸鱼干。每次吃饭，咸鱼干上桌，鱼干的身子部分很快进了狼吞虎咽的孩子们腹中，剩下的咸鱼干的头特别小特别咸，我爸舍不得扔，便成了他的下饭菜。我爸的工装新三年、旧三年、缝缝补补又三年，穿到后来上面都是补丁了。后来他到了劳资科专门负责劳动用品发放，更是这样。'多穿一年是一年，少领一点是一点'——这是我爸的口头禅。他从心底里把盐场当作自己的家，心疼每一件物品，勤俭节约，绝不浪费。我爸是2013年走的，刚八十岁。我爸艰苦奋斗一辈子……"（钟烈刚再度哽咽，讲不下去了）

母亲入党

"讲讲你母亲对你的影响。你印象最深的是哪件事？"

"母亲入党。我妈入党就是受了我爸的影响。我十岁那年也就是1973年，有一天我看到我妈趴在床边特别认真地在写东西。我凑近一看，《入党申请书》。'妈，入党申请是什么？' '你不知道吗？你爸就是党员啊，共产党员。有像你爸这样许许多多的好人在这个组织里头，我也想加入，就要写一份申请书。'我妈把正在写的那张纸推到我面前，我看到上面工工整整地写着——'我是生在旧社会，在新社会的培养下成长。但是，对党对人民所作的贡献太渺小了。为了进一步学习领会党的理论知识，不折不扣地按照党和毛主席指示办事，为实现党的最终目标解放全人类作出更大贡献，我申请加入中国共产党……'"

钟妈大名芦书娟，比钟爸小八岁，广西玉林名山镇排榜

▼雪白的原盐是劳动的结晶

村人。建场初期从老家来到盐场，1962年与钟广盛结婚成家，育有三子一女。钟广盛忙起来根本顾不到妻小，照顾几个孩子，一大摊家务就全落在芦书娟肩上。开始芦书娟对老公有怨言，有一次他去罗定采购材料，一走就是近半年，家里的事一点不管。后来慢慢地，她了解到老公是真的太忙了，谁都找他，啥都要管，还要管好，因为他是党员。她很佩服。从此再无怨言。并且她也想成为与他一样的人。

芦书娟是盐工，还在工区里帮助做些杂务。她头天晚上知道工区第二天上午要开会，早上不到5点钟天还没亮就去盐田收盐，收了盐，又回家张罗好孩子早饭，再去张罗会场。生产、家务、会务，三样事情都不耽误。她还是莺歌海盐场第一个驾驶运盐车的女司机。

写入党申请书，她跟老公商量了，准确地说，他给她的入党申请书搭了框架。1974年11月她光荣加入中国共产党。

入了党，芦书娟工作劲头更足了。狂风大作，雷电交加，她不是跑回家，而是带着人跑向盐田。她是组长，要指挥工友们给盐池盖上薄膜，那薄膜又大又长，整整5600平方米。雷声隆隆，她也知道雷电的威力（曾有一根木桩被雷电击中一劈两半），但她顾不得危险，她得确保两个大盐池的安全！

有盐工姐妹家里闹矛盾，生病住院了，老公不来照顾，芦书娟就去医院帮着姐妹倒屎倒尿。同样在盐场上工的哑巴孕妇龙志红有早产先兆，芦书娟踩着辆28寸的男款自行车争分夺秒送她去职工医院……

"跟我爸一样，我妈对待工作上的事特认真。在小姐妹中间，她是热心肠，找她帮忙的人也多。我妈是三八红旗手，先进工作者，还是盐场的女篮队员，投篮还挺准的。"

长子担当

"该讲讲你的故事了，2013年怎么突然从广州回莺歌海了？"

"那一年我爸病重，后来走了，我是长子我得回来。"钟烈刚两岁时，因为有了弟弟，父母工作、家务忙不过来，他被母亲送回广西外婆家寄养，三年后回到莺歌海。小时候他对父亲印象不深，因为他在外婆家那几年，妈妈每年都来看他，而爸爸他没见到。所以5岁回到海南的时候，他只知道谁是妈妈，不认识谁是爸爸。有一次一家人吃饭，他吃完一碗还要盛饭，妈妈用手示意说爸爸给你盛，钟烈刚摇摇头："他不是我爸爸！"后来他越来越认识爸爸、理解爸爸，可是爸爸竟然走了！

钟烈刚说受父母教育，他从小就有很强的"我是长子"

的意识。小学三年级时劳动课去盐田挑盐，同学们是两人抬一筐，他是一人挑两筐。15岁要报名上高二时，父亲跟他商量说能不能不上学了，帮衬家里一点，他就不读高二去做工了。"我爸一走，我得把这个家撑起来，我是长子。我有两个弟弟一个妹妹。特别是我妹妹很不幸，她比我小4岁，从小由于体质弱、发育不良，导致肾病变。1998年病情加重，被诊断为尿毒症，每周要做四次透析。医生说得换肾，后来等了一年终于等到了肾源，但医生提醒说费用很贵，不光手术费用要10来万，手术后排异药物每个月还得要4000多元。对我们这个普通家庭来说真是不堪重负！我父母都想放弃给我妹手术治疗了，我说无论如何得做手术，只有手术才能保命，她是我妹啊！我妹的手术后来光手术费就花了20几万，好在手术很成功，不过肾移植能存活几十年的案例据说相当罕见。由于这个病，我妹不可能结婚成家。她一直与我妈、我家生活在一起。以后她要有个什么三长两短的，我这个大哥得管她！"

在单位，钟烈刚也敢于担当。1985年2月水道口的闸门板要更换，用拖拉机装运材料跑一趟就得两个多小时，整个闸门维修更换光耽误在装运材料上的时间就不得了。钟烈刚大胆提出改装拖拉机提升速度。他主动请缨去找配件自己组装。他一大早坐火车去三亚农机公司，货卖完了，打听到通什有货，赶紧坐车去通什，买到配件便急匆匆搭车到乐东再转车回鸢歌海，到盐场已经晚上9点多了，全身散了架一样，这才想起来一天下来只吃了一顿早餐！第二天他自己动手改装拖拉机马达，速度大大提升，每跑一趟一小时就够了，整个闸门更换比预定工期提前了两天完成任务。

1986年6月盐场广州办事处的莺海楼招待所刚开张那会儿，当地小混混隔三差五就来闹事，作为保安，钟烈刚挺身而出，出面制止。站出来一条不怕事、不怕死的硬汉子，小混混很快销声匿迹，招待所的困扰解决了。在广州的27年，他还经常管闲事，替人打抱不平。有一次在公交车上有人刚给老人腾出座位，一个壮汉立马抢占。钟烈刚看不下去了，大声呵斥："这个座位是人家让给老人的，你年纪轻轻去抢座位，懂不懂尊老？"

广州的经历养成他爱学习、爱思考的习惯。钟烈刚很赞成一句话：你在外国，一言一行就代表着中国。他说，同样道理，作为城市人，你的言谈举止代表着这座城市的文明程度；作为国企人，你的言行代表着你对国企这个共和国长子担当的理解。

心中的光

"你是共产党员吗？谈谈你对入党的认识和理解。"

"我是从父母身上认识理解共产党员的。我觉得入党，首先要在思想上入党，我总觉得自己做得还很不够。"

钟烈刚很爱看有关中共党史的书籍、影视。平时他也总是以父母为榜样要求自己。

"1985年的一天下午，我刚上班，突然场部钟声当当当当地急促敲响，火警！现场来电话说是二分场茅草屋起火，我们紧急上车。到了火场，浓烟滚滚，火苗一团一团地往空中蹿，高温灼人，8排茅草屋着火面积大概1000多平方米。有人说'这么热，怎么进去救火啊？''再热也得救啊！'我和工友们不管不顾，从井里吊了井水，不停地往里送。哪里火大，我们就冲向哪里。等到浇灭大火，我和工友们互相看看，全身湿漉漉、脏兮兮的，全是井水、汗水和烟灰的混合物。我前额的头发已经部分烤焦，手臂酸酸地动不了了。"

广州回来后，钟烈刚在场部工作。父母言传身教，他也是不折不扣的行动派，行胜于言，少说多做。也想过写入党申请，但他的周遭世界里总有那么一两件小小的突发事件打乱他的心境和安排——因为是亲眼所见，没法不打乱。钟烈刚承认自己在入党这个问题上有洁癖。"一个党员领导干部白天在单位发号施令作报告，到了黄昏，却做违法乱纪的事。我的申请还得交给这样的人？我不愿意，于是不写了。还有的党员利用职务之便捞回扣，数目说大不大说小也不小。一般职工都不能这么做，何况党员？我知道这是个别。

但这些个别情况，总在紧要关头像不期而遇的一盆冷水浇灭了我心中的期望之火。"

钟烈刚不是党员，但在退休办他要协助支部书记做党务工作。有的老党员很长时间没缴党费了，书记说你缴给钟烈刚吧，人家一句话顶回来："他不是党员，我缴给他？"党

◀盐池施工
中的女盐工

委召开会议布置党务工作，支部书记不在家，叫他去帮助会务、领受任务。书记说："难为你了阿钟。"他说书记你叫我做，我就要做好。

钟烈刚说共产党员形象就该是他父母这样的，党在他心中是神圣的。"党是最亮的那团光，一直在我心里。向着这团光，我一直在看齐，一直在努力！"

（高光辉　采写）

为了两代人的梦想

　　钟文鸥，男，1964年11月生，祖籍广西壮族自治区岑溪市，出生在莺歌海盐场，地地道道的盐二代。从幼儿园、小学到中学，都是在盐场这个小社会里成长。1980年参加高考落榜，家里无力供他复读再考，进入盐场当临时工。1985年7月顶岗退休的母亲，正式成为一名盐工。1986年考入广东电大（现为海南电大），1988年电大毕业回场工作。1992年3月担任制盐一工区副主任。1993年3月被提拔为副场长，先后担任销售副场长、第一副场长。1995年12月入党。2004年3月担任场长。2013年3月卸任场长。现任海发控（海南省发展控股有限公司）应急管理部安全经理。

　　最欣赏的作家：鲁迅、茅盾、巴金。

　　最印象深刻的电影：《英雄儿女》。

　　最推崇的一句名人名言：穷则独善其身，达则兼善天下（孟子）。

"自己想办法！"

"你在盐场长大，又先后当了20年场领导，讲讲你最难忘的人与事。"

"是啊，20年弹指一挥间。闭上眼睛，我脑海里首先跳出来的是2013年3月卸任的那个场面。"钟文鸥的国字脸透着刚毅，他一脸严肃地沉浸到了8年前的那一天。

2013年3月的一天，上级召集盐场中层以上干部开会，宣布钟文鸥不再担任场长。在会场钟文鸥望着台下100来号同事，清了清嗓子，平静了一下自己的情绪："同志们！感谢大家多年来对我的信任、支持以及对我工作的帮助。担任场长的9年来，承载着盐场老一代人的厚望，我和大家一起打拼，使盐场的经营有了一些改变，我没有让老军工的期望落空，我问心无愧！"

钟文鸥说那个静谧的夜晚他翻来覆去睡不着，往事一桩桩一件件，在脑海中理了一遍。

钟文鸥的父母都是广西人，父亲钟瑞强是老军工，母亲曾传丽是老盐工。钟文鸥就出生在盐场。1980年参加高考，考了280多分，他心有不甘，想复读再考。母亲说："家里哪有钱供你复读啊？再说你考不考得上还不一定。"因此16

岁的钟文鸥进盐场打临时工。"那个时候我很迷惘。那个年代读到高中毕业也没读多少书，可以说是'以玩为主，兼学别样'。后来有关部门对我们那批高中生专门在通什安排了一次重考。好多同学没有过，我一次过。我在毕业后还是靠自己苦学，把那些该学的知识又捡了回来。当时父亲的一位老友从外地弄来两套复习资料，送了我一套。我没日没夜地学，资料都翻烂了。"

"1985年政法系统公开招考，全县只招8名，我考了第2名。"钟文鸥发挥出色，但机会还是与他擦肩而过。"我们临时工都归盐场服务公司管理，经理姓李。前一天李经理派我去八所采购，到第二天上午我回来他才告诉我，说是昨天县里打来电话要我去体检。我问什么时间，回答说就是今天上午。一看九点多了，我火急火燎赶到县城已过中午，体检早结束了！"

钟文鸥说自己与大盖帽无缘，但与盐场有缘，与大学也有缘。当年他母亲退休，他顶岗成了盐场正式职工。第二年他参加成人高考，分数入围。盐场出资送他去广东电大学习工业企业管理，签订毕业回盐场工作的协议，这叫定向培养。

在电大，钟文鸥收获了专业知识，也收获了爱情。说来也巧，女友郭坤琳也是盐二代，也是祖籍广西，1988年成了他妻子。电大毕业，夫妻双双回盐场，钟文鸥到综合办公室，妻子在基建科当技术员。

　　1992年，28岁的钟文鸥被委任为制盐一工区副主任，分管行政后勤，当时最棘手的职工住房问题也归他管。"那时候很多职工住房都很破旧，有的漏水，有的玻璃烂了。吃饭时我就和父亲谈到这些，父亲当时在场部办公室。父亲很严厉地说：'你不要把问题交到场部来！你自己想办法！'我不再说话，就回去自己想办法。"钟文鸥通过调查，了解到两个方面情况：一方面是职工住房破败不堪、住得拥挤，有的职工要结婚了也没房。另一方面是有人凭关系多占房，不少房子空着没人住。在当时分房是职工最大的福利。如何解决这些问题？年轻的副主任与工区书记、主任商量，想出了一个"绝招"：凡半年内连续居住时间不到三个月，或三个月内连续居住时间不到半个月的，收回重新分配。这么一腾挪，既刹住了乱占房的歪风，又解决了职工急需。

　　"事后想想，父亲这句话成就了我。学习也好，工作也好，抑或后来到领导岗位，这一路走来，靠的就是自己想办法。自力更生，这是父辈对我最大的影响。"

"这碟酱油我干了！"

　　"工区副主任是盐场中层副职吧？一年后怎么一下子跳级当上了副场长？"

　　"遇上伯乐了。"钟文鸥说得很平静，就像述说别人的经历。"1992年，盐务局搞企业内部管理提升，把盐场作为试点，盐场又把制盐一工区作为试点，具体任务落到了我身上，我是当时一工区唯一学过企业管理的干部。盐场内部管理怎么提升呢？提高效率、降低成本是企业管理的核心内容。因此，我从核定制盐岗位定员这个环节入手，推进试点工作。我干过盐工，熟悉流程，我把眼光放在了每道工序的所需时间上。从铲池、洗池、松盐，到收盐、赶混……对制盐的每道工序操作所需要的劳动力及工作的时间进行精准的测量。时间测量精确了，劳动力分配也就比较科学合理了，有利于控制生产成本。经过三个月的现场工作，我写了《制盐工人定员方法新探》一文，并总结制定了《制盐工人定额

◀建场初期，烈日下劳作的盐工

方案》。机缘巧合，当年中国盐学会在海南开年会，我的论文作为承办方的成果交流，并获评二等奖，也因此受到了盐务局领导的关注。

"那时候国企三角债特别严重，领导班子老化也是一个老大难问题。1993年盐务局调整盐场领导班子，提出领导干部要年轻化，我就被推到班子里去了。

"记得那一天我正午睡，场部来电话通知我下午去开会，我说下午一工区没有回场班车，去不了啊，场部专门派了辆车来接我。一赶到会场，会议就开始了。盐务局领导宣布文件，任命我担任副场长，分管销售工作。

"我接手时盐场积压了很多盐卖不出去。1988年以前，莺歌海盐场是广东三大化工厂的原料供应基地，盐不愁销路。1985年全国全年盐产量还不到2000万吨，基础工业包括化工工业迅猛发展，盐是重要的化工原料，全国多地出现了工业盐供不应求的情况，化工企业闹'盐荒'叫'白色饥荒'，工业盐供应紧张就挤占了食盐。此后国家经贸委对盐业实行重点倾斜政策，扩大产能。从1987到1992年，盐产量从2000万吨飙升至5000万吨，海盐、矿盐都有，市场上工业盐供需紧张的状况得以缓解，工业盐市场也由'卖方市场'向'买方市场'转变。市场供需的变化是一个方面，另一方面，海南不再隶属广东后，广东三大化工厂进盐有很多选择，莺歌海盐必须自己打开销路。"

就在这样的严峻形势下，钟文鸥走马上任。为了把莺歌海盐卖出去，他四处奔波，八方联络，使出了浑身解数。"盐要卖出去，钱要收回来，那时候吃吃喝喝成风，与厂家应酬免不了。有时候对方提出一杯1万吨，大啤酒杯子装白酒，你干不干？我从小不喝酒，没条件喝也不喜欢喝，但硬着头皮也得干。喝了实在难受，就跑到卫生间，把手指伸进喉咙里抠，硬是把喝进去的酒再吐出来。喝酒不行我就想了个办法，对方拿酒，我拿桌上的酱油碟。'这碟酱油我干了，酒您随意！'好话说尽，办法想尽，任务面前无困难！为了卖盐真是拼了！从1993年到1995年，3年时间，我带着销售团队，把积压的盐卖得一粒不剩！"

"我扶不动你了！"

"你是哪年入党的？讲讲入党的故事。"

"我是1994年递交入党申请书，1995年12月入党。说起来，我的入党与老父亲的动员分不开。"钟文鸥说自己比较自我，比较在意做好自己分内事，对入党一直觉得条件不够。

"1994年5月有一次谈事，谈着谈着父亲忽然很严肃地对我说'你现在已经不是一般干部了，是场领导了。盐场党委这么重视你，送你上大学，回来又提拔你，给这么高的职务。你不入党，怎么能做好工作？'对组织对工作，从来不讲条件不打折扣，这是父亲的军人作风。我想想父亲激将法式的提问也觉得有道理，很快就写了入党申请。一年后成为中共预备党员。"

"2004年3月你接手场长时，盐场是个什么状况？"

"实话实说，那些年尽管大家很努力，但由于种种原因盐场已经很困难了。我接手当场长时，盐场总资产7000多万，负债也是7000多万，接近破产边缘。企业还要办托儿所、幼儿园、小学、中学、职工医院……自来水要自己解决，职工医疗保障也要负担，不堪重负。"

在宣布钟文鸥当场长的那次大会上，制盐一工区老书记陈水利把钟文鸥拉到一边，皱着眉头问："小钟啊，盐场那么困难，你到底行不行啊？""老书记您放心，我不敢说做得好到什么程度，您给我三年时间，我把莺歌海盐场带出去！"

钟文鸥清楚记得，2004年3月19日，他上任场长第二天，他父亲的老友、老军工陈北金，还一笔一画工工整整地写了一封信，亲自送到家里来。钟文鸥不在家，老人留下信回去了。钟文鸥下班回家展开信笺，仿佛听到这位大嗓门叔叔的轻声叮嘱："阿鸥，你是在盐场长大的军工子弟，要多为职工考虑，多想想办法把盐场搞好。我们盐场的事情很难办，你要注意保重身体。"

母亲在吃饭时也发话了："阿鸥啊，既然当了场长，就要像你北金叔讲的那样想办法把盐场的事情做好。你今年已经四十岁了，要千万注意社会上的一些事情。你小时候摔跤了，妈妈可以把你扶起来。现在你是场长了，如果摔跤了，妈妈我扶不动你了！"

"我理解妈妈的意思。妈妈没什么文化，不会讲大道理。她是怕我经不住诱惑，告诫我不要与社会上那些乱七八糟的人同流合污，不要贪污腐败。我也明白老书记的担心，懂得北金叔的心思。我当时憋着一股劲，下决心要收拾盐场这个烂摊子。"

"老场长啊！"

前任场长因为问题被查处。钟文鸥新官上任三把火，做了三件事。第一件事，卸债务包袱。钟文鸥与工商银行和信达资产公司商谈清理金融不良资产，盐场所欠银行本利4200多万剥离出来转给信达公司，盐场3年时间偿付信达960万即处置完毕。第二件事，移交职工医院和学校。找到政策依据，终于与地方谈妥，于2005年、2007年先后把职工医院和子弟学校移交出去。第三件事，职工医疗保障。职工医疗保障这一块，地方政府没有接手，职工得病了都不敢上医院，因为没地方报销。老场长临走时的情景钟文鸥想起来就难过。

"吴玉麟老场长是鸢歌海创业时期那拨老军工的老领导，东北人，原来是第四野战军的一个团长。对鸢歌海盐场，老场长劳苦功高，况且他是离休干部，按待遇规定医药费百分之百报销。老场长肺气肿住院病危时，我们场部班子集体去看望他。他爱人邬老师站在一旁，眼睛有些红肿。抗美援朝那时候，邬老师是中国人民大学历史系学生，上前线慰问志愿军认识了吴团长，后来两人相恋，一块南下鸢歌海。邬老师从此就留在盐场子弟学校当老师。邬老师告诉我们，老吴坚持不肯用药，给他喂到嘴边也坚决不吃。医生一走开，他连针头都拔掉了。我们一个个劝老领导一定得用药啊。老人已消瘦得不成人样，但还是那么倔：'报销也是盐场报销啊！盐场哪里有钱？职工得了病才真困难啊！有点钱留给困难职工吧！你们别管我了！我已经活了七十多岁，早够本了！'再劝，老人一扭头索性不理了。不久后老场长去世了。'老场长啊！'火化场送别吴老，盐场人特别伤心。老场长不肯用药，是大家心中永远的痛。这也是我后来上任场长就一定要解决职工医保的一个原因。"

钟文鸥与班子研究，在职工医保彻底解决之前，盐场再勒紧裤腰带也要拿点钱出来先搞内保。按职工工资总额提取资金给职工报一点医药费，尽量向困难户倾斜，尽量人人都有。当然这不是长久之计，也不是根本办法。钟文鸥想到以前经常打交道的三亚港务局局长是省人大代表，就跑去请局长帮着呼吁呼吁。局长听了情况一口答应："行！你把资料给我。"钟文鸥回场连夜整理资料。很快局长与几位省人大代表专门就解决莺歌海盐场职工医保问题联名提交了议案。从2007年起，盐场职工医保正式纳入政府社保体系。"我找局长时说过如果帮我们职工解决了医保问题我

▼2011年12月27日，保障性住房一期一批开工典礼

自掏腰包请您喝酒，到今天我都还欠着局长一顿酒。得知问题解决那天，我含泪向天，告慰带着牵挂走的老场长的在天之灵。"

"我也心痛啊！"

"陈北金老人提醒说盐场事情难办，在场长位置上你深有体会吧？"

"真是深有体会。第一点体会，事情真难办，难办也要办。"钟文鸥回忆自己刚上任时子弟学校一些教师闹待遇事件。"其实那时候盐场子弟学校学生已经没有几个，教师也没多少事情可干。一些教师提出待遇要与地方学校看齐，可是盐场没有钱啊。有教师说如果不答应就再闹。我说：'再闹？你们都到盐田干活去！'后来我们盐场班子经过努力，学校打包移交，教师待遇问题自然就解决了。事后那些闹事的教师一个个跑来感谢我。"

一方面卸包袱，一方面增产增收，盐场干群齐心协力，一年就扭亏为盈。"有盈利了，盐场给职工涨工资，涨了12%。当时职工高兴坏了：'已经多少年没涨过工资了！'职工积极性又上来了。"

钟文鸥感慨地说第二点体会是"我们的员工都是非常非常好的，真正以场为家"。他讲了一件往事。

"2005年7月，海南一连遭遇'达维''天鹰'两个热带风暴。风虽然没到12级，但雨量很大。风雨小些时我带着干部巡查，见到一位班组长蹲在盐山旁边哭。他流着泪对我说：'场长，下这么大雨，盐化了这么多，好心痛啊！'我说：'我也心痛啊！这些盐都是职工的血汗！怎么办呢？'盐大量长期堆放露天，风吹雨淋损失太大，还容易污染，容易被盗。一工区书记陈水利也说'这样不是办法'。我由此想到了要上精盐厂，盐生产出来后直接送往精盐厂作深加

▼2009年12月，自然盐精制厂投产

工，减损失的同时还增加产值。”

钟文鸥还与盐场班子商议，实行吨盐工资含量包干制，就是确定盐产量基数，职工工资包含其中；超过基数部分，给职工发放奖金。这个机制进一步刺激了职工的生产干劲，盐场还为职工统一提供劳保服和高筒水鞋。“我下到制盐分场，盐工们都围上来笑着感谢我：‘场长你为盐场办了件大事啊，解决了老大难问题！这么多年我们都没有劳保服和水鞋，现在终于有了！’我却笑不出来，心里难受得直想哭：这是企业应该做的啊！该感谢员工，企业欠员工的太多太多！我领悟到一点，人心都是肉长的，既可以被感动，也可以反动，还可以被调动起来化作动力。我当场长这些年，盐产量基本都在每年十万吨左右，靠的就是职工们的苦干实干！”

盐场创业靠什么？盐场发展靠什么？钟文鸥说：“一靠吃苦耐劳，二靠自力更生。这是一代人开创事业的精神，也是两代人追求梦想的力量。”

莺歌海的远方海天相接，白帆点点，如诗如画……

（高光辉　采写）

阿高的故事： 青春无悔莺歌海

张荣高，男，1970年生，广东梅州人，浓眉大眼、个头敦实、性格憨厚、为人纯朴。他在家中排行老二，上有大姐，下有弟弟。张荣高在盐场是家喻户晓的人物，大家都习惯叫他"阿高"。

阿高是盐二代。其父张集云，是1958年盐场大规模开发建设时的第一批军工，即5600位转业军人中的一名。因在部队时是通讯兵，转业后直接进盐场的电话所上班，负责总机和全场的线路维护。2010年病故。阿高的母亲宋尽妹，是童养媳，1968年跟随父亲从广东过来，刚开始当家属工，后在制卤车间维修队上班。退休后一直居住在盐场老宿舍区。

阿高的妻子廖海芳，广东高州人，也是一名盐二代。夫妻俩的独生女张伟婷，出生于1998年，属于妥妥的盐三代，目前就读于北京中医药大学。

阿高现任莺歌海盐场制盐分场副场长。

最爱读的一本书：《钢铁是怎样炼成的》。

最爱听也最爱唱的一首歌：《鸿雁》。

最爱说的一句话：多做事，少说话。

盐场开心事，快乐单身汉

"这么多年来你在盐场有哪些觉得特别开心的故事？"

阿高说，和所有盐二代一样，他的童年和青少年时光是幸福快乐的。盐场当年像所有的大型老国企那样，有独立的托儿所、幼儿园，有一所完全中学和两所小学，此外还有医院、法院、影院、菜市场等。那时候在盐场，一家生五个女儿的叫"五朵金花"，生七个女儿的叫"七仙女"，更令人叫绝的是有生十个孩子的，就叫"葫芦娃"了。盐二代中几乎人人都有兄弟姐妹，有三四个子女的家庭比比皆是。

儿童时期到初中、高中，阿高都在场里就学，高中毕业后，1989年进盐场上班，那时就端起了令人羡慕的铁饭碗。

回想当年，阿高总是无法抑制兴奋的心情。虽然刚进单位后的10个月，是下盐田从事体力劳动的10个月，每天要顶高温战酷暑挑盐、推盐，机械重复枯燥乏味的工作，但一点也没有影响他上班后的快乐心情，他每天总是开开心心地去工地，快快乐乐地回家里。

因为是高中毕业生，有文化，头脑灵活，场里也特别重视并重点培养，阿高完成10个月盐田工作后主动到盐场人事科要求把自己选派到更适合自己的岗位，如愿以偿，人事科也相中了他。

那时候盐场每年的生产任务都完成得很好，盐产量年年有突破，十几万吨年产量根本不在话下，好年份时年产量突破三十万吨，这必须是许许多多列火车才能运输得了的庞大体量。那个年代还是计划经济时期，生产出来的产品主要供应给广东省化肥厂当工业用的原料盐。为了更好地把销售工作做好，莺歌海盐场在广州成立了办事处（即莺海办），正需要安排一批人员前往广州上班。阿高很快就成了第一批被选派到广州莺海办上班的员工。1989年他到广州后，主要负责办事处各项接待和销售等业务。

那时候，廖海芳也被选派到莺海办担任服务员，是临时工。当时办事处有三十多个房间，位于广州老城区，接待任务相当繁重。两个年轻的盐二代就这样在广州不期而遇。

快乐莺海办，甜蜜好时光

"说说你在莺海办的时候，有哪些值得纪念的事情？"

阿高很快沉浸在青春往事的回忆之中。阿高在广州莺海办上班时，廖海芳也来到办事处上班。阿高一眼就看上了这位初中、高中时的女同学，肥水可不能流到外人田，必须拿下。后来阿高每每说起自己最开心的事就是在广州找了个同样属于盐二代的老婆。

年轻时的阿高生得一表人材，脑子又特别灵活，自然获得了廖海芳的青睐。双方都很珍惜这份机缘，于是顺理成章，在1996年结为夫妻。1998年有了爱情的结晶，女儿伟婷降生了，小家伙出生在盐场，奶奶疼爱得不得了。孩子2岁半时跟着父母来到了广州。

一家三口团聚后，其乐融融。女儿在广州度过了童年和少年的快乐时光，在高中时又和爸妈回了莺歌海盐场并在国兴中学就读。由于学习成绩一直很优秀，高考时成功考取北京中医药大学。现在阿高逢人便津津乐道的就是提自己的丫头，他很庆幸女儿从小在广州接受教育打下了扎实的基础。

回想在广州度过的20多年，阿高一直十分自豪。他说自己在广州不仅找了好媳妇，还自学考取了建筑评估师资格证书，工作学习两不误，还结识了许多人，对后来回海南后的工作很有帮助。

阿高是2013年回盐场的，一共在广州呆了24年，也算得上一个老广州了。和阿高夫妻俩一样，莺海办当时成婚的有4对盐二代。

告别莺海办，毅然回盐场

"谈谈当年你回盐场时的思想斗争？"

是否回莺歌海盐场？对阿高来说，当时确实是一个很不容易的选择。2013年，他在莺海办已有近20年的时间了，自己的青春年华中最闪耀的时光可以说都留在了广州，当然每年都少不了广州和莺歌海两地奔波。

阿高说，如果留在广州，自己得重新寻找工作，机会肯定比回海南要多；如果回莺歌海，自己的年收入肯定会大打

折扣，还面临夫妻二人如何选择工作，孩子上学如何选择学校等各方面的问题。他回忆那时驱动自己最主要的一个念头是，母亲年岁已高，老人喜欢盐场，自己是家中的长子，回家照顾母亲是义不容辞的责任。童年时光、青春岁月、兄弟姐妹……盐场有太多太多的牵挂，盐场有太多太多的不舍。

广州虽然好，毕竟远离亲人；而自己的根，始终扎在莺歌海。权衡再三，下定决心，阿高带着一家人从广州又回到了莺歌海。对当年自己的选择，阿高始终没有任何后悔，他说自己是一名盐二代，心心念念的就是莺歌海。

感慨新盐场，喜迎三变化

"回到盐场这些年，你认为最大的改变是什么？"

阿高介绍，盐场虽然有过很辉煌的历史，但海南建省办特区以来，盐场受市场经济的冲击，经营状况逐年下降，近20年左右更是连年亏损，老一代的盐工基本都退休了，有相当一部分人回了以前的老家，现在在盐场坚持上班的主要是盐二代。

阿高回盐场后，因为他在广东的工作经历得到了盐场领导的认可，他被分配到房改办。老一代军工们，一直居住在茅草房里，生活条件极为艰苦。随着盐场的发展，居住条件有了改善，但仍然是一二层的简易平房，迄今已成了相当破旧的棚户区。2016年海发控着手对盐场棚户区进行改造，至今已建设完成850套房子，大大改善了盐场职工的居住条件，2500户棚户区职工中超过三分之一已搬进了新房。

海发控协调省交通厅出资修建了一条约两公里长的区间道路。这条路是柏油路面，双车道，从盐场工地蜿蜒到金鸡岭盐场生活区。道路的修通，改善了盐场职工上班时的通行条件，也让职工在傍晚时可以散步活动，大家都称赞不已。

现在莺歌海盐场还有一大亮点，就是盐场成立了自己的党建教育示范基地。这个基地从2018年开始建设，2019年投入使用，2020年随着疫情防控趋于稳定，基地运营也稳步提升。基地建成后，莺歌海盐场的总体状况得到了质的提升，盐场的历史被广泛宣传。游客来盐场，可以望到高达数米的洁白如雪的连绵盐山，可以在重走盐工路中体会盐场职工上下班的不易，可以在盐池中体验晒盐、推盐、堆盐、运盐的艰辛，在盐文化馆中感受60多年盐场的沧桑巨变。基地把老一代盐工的历史和盐二代的情感都融汇其中。阿高也为自己经常可以带领一批批游客前来重温盐场历史而感到由衷自豪。

兼职解说员，说好新故事

"目睹盐场的沧桑巨变你有什么感受？"

阿高经常为来盐场参观和旅游的团队担任现场讲解员，这是他很乐意做的一项工作。他详细地给游客们讲解盐是怎么从海水中转变而来的。

阿高说，莺歌海周围的海水是含盐度最高的。老盐是怎么来的？为什么说老盐和一般的盐不一样？他都如数家珍。

▼2018年开始建设、2019年投入使用的莺歌海盐场党建教育示范基地

关于莺歌海盐场，他就是一本活词典。

在他的口中心中，充满对老一代军工的崇敬，对盐二代则充满了自豪。盐一代是从青年军人转变为盐场创业者，而盐二代则一出生就和盐场的命运紧紧相连，不少盐二代一生的职业就是和盐田打交道。他们见证了盐场的繁荣和巨变，又如何割舍得下自己与盐场的情感挂牵？

2008年，随着海南省发展控股有限公司接手对莺歌海盐场的管理，每年盐场都发生着喜人的变化。如今在职的盐二代大约有580人，他们一直坚守在盐场。这些年盐场的生产设施严重老化，盐池更是年久失修，下盐田干活的人也更少了，盐业生产工艺陈旧、劳动强度大，产量更是不如从前。改革开放后盐场的兴衰一直牵动着海南各级领导班子的心。

海南建设自贸港，盐场今后会变成怎样，谁也不清楚，但是盐二代的心会一直紧贴着这块土地——阿高喃喃自语。

盐一代——父母亲这些老军工把大半辈子交给了盐场，我们盐二代则是一生几乎都交给了莺歌海，现如今大家虽然收入不高，但工作热情不减，也一直在努力适应公司的改变。阿高说："几十年的老国企，老员工了，就认准一条：跟着共产党走！"

采访结束，为阿高赋诗一首：

青春无悔莺歌海，
激情飞扬盐二代。
牢记使命常奋斗，
倾情奉献筑银山。

（温东征　采写）

幸福的八零后盐二代

王迹，男，1981年10月生，海南省乐东人，2003年大学毕业，在海口打工创业，2010年应聘回到盐场工作。最初是莺歌海盐场自然盐精制厂员工，后调入莺歌海盐场市场部任部长助理、部长等职务，2020年任海南海控盐恬文旅管理有限公司副总经理。2015年6月加入中国共产党。

最难忘的莺歌海记忆：儿时的幸福时光。

最爱说的一句话：我是盐场子弟。

快乐的童年时光

"作为80后，你们赶上了盐场最好的时代，能聊聊你的童年时光吗？"

提起这个话题，王迹顿时绽放出满脸灿烂的笑容，露出那口槟榔牙。

"我们小的时候，玩儿的可多了。那时候，上学没有那么多作业，上午三节课，下午两节课，除了语文、数学，还有自然、思想品德、音乐、体育、美术，没有主科比副科重要的概念，什么课都上。也没有什么补习班，课余时间就是玩儿！"

"在你的童年，有没有什么事是让你最难忘的？""说起小时候难忘的事，那可真不少。"王迹如数家珍般娓娓道来——

那时的盐场可热闹了。虽然没有网络，没有手机，电视机也很少，但盐场职工的业余生活还是很丰富的。盐场有3座露天的电影院，有4部放映机，经常放电影。那时还是手摇式的放映机，放的是胶片，有专门的电影放映员。大多数时

▶1962年开办的莺歌海盐场幼儿园

候，孩子们都是跑来跑去捉迷藏，很少能老老实实坐在板凳上看电影。不过有一部《世上只有妈妈好》的影片，包括王迹在内的许多孩子都认真看了，还哭得稀里哗啦……除了看电影，还经常有文工团下来演出。王迹听父亲说六几年的时候，总政歌舞团还下来演出过呢。当时盐场也有自己的宣传队，定期也会组织演出。海南的八大厂之间还有篮球赛，每年都组织。那时盐场兴建了15个篮球场，其中有9个还是灯光球场。那里还有15个排球场，2个地掷球场，1个门球场。每逢周末和节假日，场里都会组织活动。周边村民羡慕不已，干完活就来凑热闹。

如果非要排个次序的话，王迹说"六一"运动会肯定要排在第一位。当时盐场有3所子弟小学，一小在场部金鸡岭，二小和三小分别在其他两个工区。孩子们最盼望过的是"六一"儿童节。盐场教育科每年"六一"都会组织运动会，地点就在一小。"六一"这天，孩子们都会早早起床，二小和三小的学生在老师的带领下，在运销科办公室前集合。他们要坐小火车去金鸡岭参加运动会。路途虽然只有几公里，但盐场的孩子却享受了专列的待遇。等车的时候老师会给每个学生发一包食物，里面有包子，还有苹果、桔子、糖果。运动会的时间只有一天，有田径项目，还有球类比赛。乒乓球比较普及，当时每所学校在室外都有用水泥做的乒乓球台。王迹说他四年级的时候，学校来了一位男老师，不是体育老师，但乒乓球打得特别好。运动会上，这位男老师的每场比赛都有好多学生围观。他成了同学们心中的偶像。运动会结束后，教育科的叔叔阿姨带领学生到金鸡岭上面去参观雷达站。雷达站是军用设施，有部队驻守，是不允许随便进的，当时唯独给了盐场子弟小学特权。解放军叔叔还会给学生讲解有关雷达的知识。

"父母都要上班，放学后你们做些什么呢？"

"那时候父母都忙工作，哪有时间管孩子？只管吃饱，学习基本是不过问的，重视教育的家长最多也就是问问作业写没写完，家家都是这样，我们基本都是被放养长大的。"王迹说，"不过放养也有放养的好处，让我们这一代人有了幸福快乐的童年，不像现在的孩子这么苦。"还有件事让王迹记忆比较深刻，二十世纪八九十年代的盐场是最辉煌的时期，每年的盐销售量都在20万吨以上。差不多每两三天就要装一次火车，将原盐运走。那时没有小包装，卖的都是原盐，将原盐用布袋装好，盐工们扛上火车，然后运走。装包的时候，盐场的职工基本都来参加，一般会安排在晚饭后。大人们去装包，孩子们自然也不会落下，大孩子会帮忙做些辅助工作，小孩子则会爬上火车头去玩。开火车的司机叔叔与孩子们很熟悉，会教他们拉汽笛。有的孩子还会用板车卸掉的滑轮再装上一块木板，自制成滑板车。趁大人们不注意的时候，找一个高一点的盐山，爬上顶部，再从盐山顶坐滑板车滑下来，经常摔得浑身淤青，但依然乐此不疲。

如果说有什么标志物是大人和孩子们心中共同的记忆，那应该就是这条铁轨了。它是休闲场所，小孩子有时会顺着铁路的枕木走上两三个小时到金鸡岭买一根冰棍。大人们饭后如果不装包也会沿着铁路漫步，看看盐田美景。

外面的大世界

"小的时候，爸爸有时间陪你吗？"

王迹埋头沉思不语。片刻，他忽地抬头，眼睛闪着激动的光。王迹说他从记事起，爸爸就特别忙，总是出差跑销售，一年几乎有一半的时间不在家。

"不过，如果赶上寒暑假，爸爸也会带我去广州，然后去珠海的外婆家住一段时间。"

王迹4岁的时候，外公一家人又迁回了珠海。一年级暑假的一天，爸爸下班回来，说第二天要出差去广州，问妈妈要不要带阿迹仔回去看看父母。王迹已经8岁了，爸爸想这次出差带王迹看看外面的大世界，让儿子长长见识，弥补一下内心对儿子的亏欠。妈妈当然是愿意的。王迹当然是更愿意了，以至于一个晚上都兴奋得睡不着。从小到大，他只去过黄流、莺歌海，乐东县城也只去过两次，更别提广州那样的大城市了。第二天，爸爸早早去了场里。王迹也早早起了床。妈妈收拾好东西。王迹一会儿跑出去一趟，站在路口远远地张望，盼着爸爸早点来接。突然汽车喇叭声响起，王迹知道是爸爸回来了，立刻飞快地跑出去。这是一辆面包车，爸爸说是丰田原装进口的，能坐十二人。此次出行除了他们一家三口，还有爸爸运销科的三个同事。也因此，一路上王迹一直享受着叔叔们的特殊照顾。

到广州后的第一顿晚餐是广州办事处安排的。广州办事处的叔叔阿姨也是盐场的职工，他们和爸爸都是多年的同事，非常熟悉。爸爸经常到这边来，这边的叔叔阿姨也会在年底的时候回海南开年终的总结会。席间，他只记得吃了好多道菜，究竟都吃了什么，王迹已经记不得了。只记得有一种饮料特别好喝，是用玻璃瓶子装的，像牛奶，但比牛奶稠，有点酸酸甜甜的味道，很香，他第一次喝。办事处的阿姨告诉他这是酸奶。"哦，这世上还有这么好吃的东西！"

之后在广州的几天时间，是王迹从未有过的幸福时光，开启了他人生的好多个第一次。在越秀山公园，第一次见到了鲸鱼骨架；在东方乐园第一次玩碰碰车、旋转木马；在动物园第一次看见了狮子、老虎，还有大猩猩；还有第一次喝早茶，以为喝早茶就是喝茶，没想到是吃早餐，那场面大得不可想象。广州办事处的叔叔带他们一家三口来的地方叫白天鹅酒店，五星级。王迹至今也忘不了这个五星级白天鹅酒店的样子，门口有侍从问候推门，进去后，一个好宽敞的大堂，金碧辉煌，大堂顶非常高，吊着一盏大大的灯，像钻石一样闪亮……爸爸妈妈陪他玩了四天，然后就把他送到珠海斗门的外公外婆家，直到假期结束。本来爸爸妈妈也要在外婆家待上两天的，但爸爸好像有什么急事，不能耽搁，要赶回场里，妈妈也就跟爸爸回去了。

王迹长大后再次和爸爸谈起这件事，才知道事情的原委。1988年是一个特殊的年份，这一年海南从广东的版图划出来，建省了。这一年对盐场也是一个特殊的年份，这一年盐场的盐产量超过了三十万吨，这是历史以来最高纪录。1988年以前，盐场的盐是不愁卖的，广东省盐务局直接调配，生产多少销多少，但是1988年以后就不同了。海南建省后，广东省盐务局对莺歌海盐场的盐不是全部包销了，这对盐场的影响非同小可。爸爸当时那次出差，在广州办事处以及其他经销单位那里得知了这个消息，敏锐地觉察到这对盐场意味着什么，所以把王迹送回外公外婆家，就匆忙赶回海南。

盐场子弟的奋发图强

"看看那个靓仔，他的裤子好特别！"

"他们都在看你呢！"同他一起考入黄流中学的好朋友说。"有什么好看的，他们也可以加呀！"王迹很是自豪。"不是，他们在说你的裤子怎么是这个型？"王迹看了看自己身上这条新裤子，腰身宽宽的，裤脚窄窄的，这是今年的新款，他特意拿着攒的钱买的，刚刚流行，叫萝卜裤。而大多数学生还在向往已经不流行的喇叭裤。他们不像王迹那样幸运——王迹是盐场子弟，父亲还是运销科科长。但王迹父

◀ 盐场开办
的职工子弟小学

亲对他管教十分严格，严厉批评、教育了他。自此王迹穿着
和大家一个风格的服装，绝不搞特殊。

1994年，带着对北大清华的向往，王迹以盐场三所子
弟小学排名第二的好成绩来到黄流中学读初中，进了尖子
班。身边的同学成绩优异，而且都是那么努力，他内心难免
有那么一点点失落，但很快，他调整了自己的心态。每天埋
头苦学，其他孩子玩耍时，他能禁住诱惑，继续学习。一分
耕耘，一分收获。最终他以优异的成绩毕业。他要让大家知
道，盐场子弟是在从盐一代传承的艰苦奋斗的精神中继续奋
发图强的！

未曾谋面的妹妹

"听说你是独生子女？""是的，老爸老妈只生了我一个。"王迹平淡地说。

"其实，我可以有个妹妹。"王迹的爸爸叫王琼义，1957年生，临高人。应该说王老爸没有赶上盐场开发建设时期，但他参与并见证了盐场最辉煌的时期。1971年，王老爸高中毕业，当时国家号召知识青年上山下乡，王老爸上学时就是一个积极分子，国家的号召，他自然是要首先响应的，所以率先报了名。1971年年底，王老爸被分配到乐东的五七干校，一干就是四年，因为劳动态度好，文化素质也高，尤其是和同期分配来的海口知青相比，干校的教员都觉得王老爸这个青年不错。他也由普通的队员，逐步提拔当了班长、排长、副连长。

后来广东省技工学校来招生，王老爸被选送到广东省技工学校读书。三年毕业后回到海南，正赶上中央要给盐场一个3000万的技改项目，他又被领导选中，跟着跑设备采购。后来这个技改项目夭折了，但王老爸的勤劳肯干，头脑灵活，领导们是看在眼里的。当时盐场的领导找他谈话，让他留在盐场工作。这件事对王老爸的影响深远。盐场是海南八大企业之一，也是南方三大盐场之一，周边村民的子弟都以能在盐场工作为荣。盐场的工资待遇比地方的待遇要高，很多地方的干部都愿意调到盐场工作。当时盐场有医院，有学校、幼儿园、托儿所，职工分的住房已经是上下两层的楼房了——这些都让周边村民羡慕不已。就这样，王老爸如愿成为盐场的一名正式职工。

王老爸是个重情重义的人，盐场领导对他的这份赏识和信任，他一直铭记于心，不曾忘怀，满心想的都是：好好工作，回报盐场。王老爸在盐场工作了近40年，直到2013年退休，他心里始终装的是盐场的利益。广东省盐务局曾想调他

◀盐场女民兵

去广东，三大化工厂任他选，他没有动心。海南建省后，海南省盐务局也想调他过去，也被他拒绝了。

从1977年正式成为盐场职工，到1996年被提拔为盐场的副场长，再到2013年退休，他一直是盐场的先进工作者。吃苦耐劳，加上头脑灵活，场领导一直让他跑销售。二十世纪八九十年代，是盐场最辉煌的时期。1988年海南建省后，广东省盐务局每年只给盐场3万吨的收购指标，而盐场直到2004年一直保持着每年近20万吨的销量，王老爸可以说是立下了汗马功劳。说起这些，王迹脸上写满了自豪。王迹说，那时的王老爸一年时间有半年要出差，经常要四处奔波，为了追

货款，不知要跑多少次……

　　说起王老爸的先进事迹，有件事王迹几次欲言又止，后来还是说了出来。1977年王老爸正式调到盐场工作，在这里他认识了王老妈，两人的爱情在这里开花结果。婚后第二年先有了王迹，1982年王老妈又怀孕了，王老妈一直期盼着能够有个女儿，怎奈当时的计划生育政策只让生一个。当时有很多职工都是躲到村里偷着生，王老妈也想这样。可王迹家就住在盐场党委副书记家旁边，副书记知道了这件事，就找王老爸做思想工作，还告诉王老爸，场里把他作为第三梯队后备人才重点培养，他怎么能做违反纪律的事呢？王老爸听了这话，惭愧得不得了，当即表态：一定响应计划生育号召。王老爸回家和王老妈商量不要这个孩子了，王老妈当时怀孕已经五个多月，心里自然是不愿意的。"我是场里的先进，这件事本应该带头做表率的。"王老爸不停地劝说，王老妈无奈忍痛去了医院做人流手术。时隔几十年后再次说起这件事，王迹说老妈心里一直是存有遗憾的，老爸却从没有后悔。他觉得听党话就应该这样做。其实，这种信念也代表了当时绝大多数军工和选调干部的心声，在他们的信念当中：听党话，不计个人得失，党让干什么就干什么！这代人都是怀揣着这样的信条。

　　辉煌过后是暗淡。到了20世纪90年代后期，受市场经济的冲击，加之盐务改革，盐的销售受到严重影响。2000年以后，由于盐场的设施设备已经老化，周边的村民侵占土地等原因，盐场的产量逐年下滑。造成产量减少还有一个重要原因，那就是受国家大经济环境的影响，周边的村民收入有了大幅提升，住房有了很大改善，而盐场职工的工资待遇还停留在20世纪80年代末90年代初的水平。职工的思想波动大，开始有怨言，不再像从前那样，广播一响，抓起盐扒就去上工。王老爸看在眼里，急在心里，但也没有办法，只能尽自己所能多为盐场做点事。2010年，盐场要给职工建保障房，改善职工住房条件。王老爸当时已经快到退休年龄，本可以不管那么多，但王老爸一听说这事儿，就向场领导主动请缨，工作热情丝毫不减。保障房的前期报建手续都是他跑的，辛苦自不必说，他始终无怨无悔。退休后他又被场里返聘了三年，保障房得以顺利开工建设。

回顾王老爸的工作生涯，"他一直都是非常积极上进的！"王迹自豪地说。

（蔡春华　采写）

走到哪里都要开花结果
——三代人的执着守望

雷日明，男，1999年3月生，广东药科大学药学专业毕业，现在在优时比贸易（上海）有限公司广州分部工作。

这个只身在外打拼的盐三代，承袭着爷爷奶奶、外公外婆、爸爸妈妈、叔叔伯伯们对他耳濡目染的教育，他不会忘记盐一代们艰苦奋斗的建场历史、盐二代们经历盐场的荣耀与曲折，以及自己这辈盐三代的成长……

他最想说的一句话："走到哪里我都是一名盐三代。"

他父亲雷国全最掏心掏肺的一句话："我们弟兄三个都是双职工家庭，场里有困难就是要一起共进退。"

他爷爷雷汝桐最经典的一句话："走到哪里都要开花结果……"

"一定要把莺歌海盐场建成"

"您老还记得当年来这里的情景吗？"

有着48年党龄的老党员雷汝桐，祖籍广东清远。1958年他所在的解放军某部139师417团的全体战友，从湖南开进海南，参加乐东莺歌海盐场的建设。他至今还住在盐场于1970年建设的职工宿舍中，这位年近九旬的耄耋老人已是四世同堂。头发全白的他，虽然耳朵有点背、一口牙齿也没了，但

▶ 盐场于1958年成立了民兵师，凡盐场职工均纳入民兵编制内

他目光炯炯有神，声音响亮。他庆幸自己是个有福报的人，今年87岁了还能骑自行车。63年后的今天，回忆起当年建设大军踏上莺歌海的情景，依然那么清晰。

"我们当时一个团的几千名士兵一路从湖南坐火车转轮船，到了莺歌海。下船的时候就觉得这海南天气真热。当时刚过春节不久，我们从湖南出发的时候温度才是零上几度，一到这里就是三十度的高温，天气很热。" 雷汝桐和战友们上岛之后，就克服水土不服等障碍，立即投入莺歌海盐场的筹建中。

"我们当时都是按照部队的建制把一些民兵和当地百姓都编到建设队伍中，从团、营、连、排、班，按照部队的管理方式安排工作。那个时候确实辛苦，因为缺少机械，1100万土方全是我们肩扛手抬干起来的。白天工作10个小时，晚上吃完晚饭后再干2小时。那时整个工地只有3部推土机，路都没有一条，饮食也困难，白天野外作业，晚上住茅草房。环境艰苦，天气又热，长期在高温酷暑之下工作。那时候也不懂养生保健，工友们一身大汗回来都是直接喝凉水、用凉水冲凉，长期下来由于营养不良、劳动强度大，百分之六十的人都出现水肿。当时，有些人吃不了苦就偷偷跑掉。我那时就跟大家说，困难是暂时的，只要咱们吃得下眼下的苦，就一定能品尝胜利的甜！我的信念就是走到哪里都要开花结果，我的愿望就是一定要把莺歌海盐场建成。"

1958年到1960年，是盐场最艰苦的建设时期，粮食不够吃，每人每天只发1斤米。经过万人建设大军近两年努力，莺歌海终于胜利建成并出盐。建成盐场后，随即进入生产阶段，雷汝桐并没有离开，而是在这里一扎根就是一生。

"刚开始我在一线做盐工，1962年我和在老家定亲的向佩群登记结婚，之后，她也被盐场招进来当了一名盐工。"那时候两人工作中出双入对，生活中互相照顾。不久后大儿子雷建民出生，接着二儿雷国熊、三儿雷国全陆续降生。1973年雷汝桐因工作出色入了党，后来被盐场调到动力修配厂当修理工，还被评为模范党员，小日子过得也算是红红火火。天有不测风云，由于向佩群操心劳累加上营养不良，1977年不幸因病去世。

"那时候为了给妻子看病，家里花光了积蓄，大儿子读初中，二儿子小儿子读小学，我一个月47.3元工资，家里的生活、三兄弟吃喝拉撒上学都是靠这点钱，日子一下子变得非常艰难。"

繁重的工作之余，雷汝桐一个人拉扯着3个儿子，既当爹又当妈，孩子们也会因为爸爸加班家中无人照顾，饥一顿饱一顿。直至两年后经人介绍，雷汝桐认识了现在的妻子陈惠华。1979年春节，陈惠华嫁到了家徒四壁的雷家。这个心地善良的广西女子，挑起了相夫教子的担子。为了把雷家3兄弟抚养成人，她主动放弃生育，对3个孩子视如己出，尽心尽力，直至孩子们长大成人、娶妻生子。为了补贴家用，她一边照顾家庭，一边还在盐场做临时工，一干就是30年。2015年，盐场对参加盐场生产建设的60岁以上老人，给予补缴养老保险，视同盐场职工。辛苦操劳大半辈子的陈惠华老人总算有了生活保障。

说到母亲，雷家兄弟说，我们一家人从来没有"继母"这个概念，她对我们就像亲生母亲一样。她任劳任怨操持这个家，全家人都对她很尊敬。她嫁到雷家42年来，我们家从上到下都是和和睦睦的，曾多次被省妇联评为"文明五好家庭"。

"厂里有困难就要一起共进退"

"讲讲你们盐二代——雷家三兄弟的故事吧。"

雷家三兄弟包括1965年出生的老大雷建民、1967年出生的老二雷国熊和1968年出生的老三雷国全，都是高中毕业之后纷纷走进盐场工作的。他们从盐场普通盐工做起，逐步成为单位骨干。兄弟三人又在盐场娶妻生子，都是盐场双职工。

盐场进入生产阶段后，一直给周围村庄的村民提供就业机会，无论是本地的新村，还是相邻的黄流镇和莺歌海镇，甚至是更远一些的村庄，都有人过来上班，成为莺歌海盐场的一分子。事实上在盐二代中，有很多职工都是非盐场人后代，但也有像我们兄弟这样，包括我爱人黎丽云这样的，父辈们就是开创盐场建设的盐一代。

1988年，时年20岁的雷国全，顶替退休的父亲，成为盐场正式职工。和当年顶替父亲黎家斌进场工作的黎丽云一样，他们都是盐二代，都是军工子弟，父辈们又都是故交。雷国全和黎丽云这对有着相同家世背景、相同成长经历的青年男女，在亲友们的热心张罗下，自然而然走到了一起。说

▼ 建场初期，建设者们靠手拉石碾，两年平整出30平方公里生产面积。以此图为原型，创作出了今天党建基地的《奋斗》雕像。

起那段青春岁月，雷国全回忆说："那时候刚上班，一切都很新鲜。先是从一线盐工做起，三个月后开始进入盐场动力机械队学技术、维修机械。那时候盐场子弟中的小伙子偏多一些。丽云是跟我一年进场的。我父亲跟她父亲都是当年从一个部队一起来到莺歌海参加盐场建设的，两家人本来就很熟悉，就是知根知底嘛。不过那时刚上班，我觉得好男儿应该先立业再成家，我们恋爱7年后才结的婚，结婚时我都28岁了，也是响应号召，典型的晚婚晚育啦！"

说到这段经历，雷国全古铜色的脸庞上依然有着抑制不住的喜悦。婚后第二年，1999年3月，他们的儿子出生了，爷爷给这个最小的孙子取名雷日明，希望他能够日日聪明。

◀建场初期
边施工边生产

小家庭因为爱情结晶的降临，沉浸在喜悦之中。可是没过多久，当时处于发展困境中的盐场，生产经营难以持续，加之连续雨天导致无法收盐，盐场作出一个不得已而为之的决定：厂内双职工家庭，暂时实行一上一下政策，就是夫妻两人有一个上岗就要有一个下岗，上岗的每月发380元工资，下岗的每月发160元生活补贴。

雷国全眼睛有些湿润，但依旧开朗地说："那个时候没有办法，像这个情况也不是我们一家，我大哥大嫂、二哥二嫂也是双职工家庭，盐场百分之六七十都是这样的。毕竟那是盐场最困难的时期，盐场大家庭遇到困难，我们当时都支持盐场的决定，在厂里最困难的时候一起共进退、共担当。后来我和二哥就去广东佛山打工，给一个私营企业当电工，做维修，靠打工增加收入补贴家用。我爱人她留在家又要上班还要照顾孩子，日子过得很不容易。在外地的那段日子我每天都在想家、想她、想孩子。白天忙得像个陀螺，闲下来就抑制不住地想家。那个时候孩子才五个月，还经常生病。丽云她忙里忙外操心劳累得奶水也不够孩子吃，只能给小孩冲米粉。当时又没有太多的钱买米粉，所以每次只能是在米粉里多加些开水冲泡成米粉汤。"说到这里，雷国全眼神里满满的心疼。

"你这样在外漂泊的日子坚持了多久？后来怎么回来的？"

"三个月就回来了。因为有一天夜晚，丽云突然打来电话，哭得不成样。问半天才知道孩子突然高烧到40度，她紧张惊吓得不知道如何是好，话都说不成句。我放下电话就连夜往火车站跑。我当时就想啊，火车啊，你等等我，无论如何我都要赶上最快的一班车回家，丽云和儿子你们要坚强啊！"

第二天上午，雷国全风风火火从佛山回到莺歌海盐场。儿子正安静地躺在盐场职工医院输液，高烧一夜的雷日明小脸红扑扑的，而守护了孩子一夜的黎丽云，则面色憔悴。雷国全心疼不已，他在心里说这辈子我再也不会离开你们娘俩了。

按照当时政策，夫妻可以互换上下岗。雷国全重新上岗换下了黎丽云，黎丽云下岗安心在家照顾孩子，小家庭又恢复了清贫但温馨的氛围。在此后不久，盐场经过技术改造，重新扩大生产，当初一上一下的政策也取消了，双职工家庭又恢复了原来的工作。雷国全也因为吃苦能干，被评为优秀党员，从维修工调整为车辆调度，成为单位骨干。

"儿时记忆中的盐场"

1958年莺歌海盐场建场之初，场部坐落在黄流镇的金

鸡岭。在此后的时代变迁中，随着盐场建设发展，金鸡岭不仅是盐场机关行政中心，也是盐场职工生活的大本营。这里分布着幼儿园、小学、初中、医院、文工团和露天电影院等文化、教育设施。盐场人当时的生活成为当地村民羡慕的样板。二十世纪的八九十年代，仅盐场职工医院就有工作人员100余人，还是经省卫生厅批准保持县一级医院的建制。雷日明就出生在盐场职工医院。

"我从出生到5岁半，对金鸡岭的印象是：它就像一个繁华热闹的集市中心，当时盐场家属区分为金鸡岭家属区和新村家属区。金鸡岭家属区又分为机关区、木工厂区、水管厂区等，新村家属区分为一工区、二工区、三工区、四工区、基修工区、九连、动力厂区、化工厂区。新村家属区和金鸡岭家属区不同，那里住的人更多、面积更大、离产地最近，仅有的一条公路——780县道贯穿而过，将这片区域一分为二。一侧是无人居住一望无际的盐田生产地，另一侧则是这里的原住民村落——莺歌海镇新村。我小时候因为身体弱经常看医生，所以对莺歌海盐场职工医院印象最深刻，它承载了许多盐场人共同回忆的地方——盐场职工和家属，生病后的第一选择自然是自己的职工医院。尽管它的医疗条件不一定是附近最好的。但是里面的一些医生是盐场职工子弟，换句话说，都是盐场培养出来的自己人。我小时候感冒发烧肚子疼是家常便饭。每次发病，妈妈就用衣服把我裹得严严实实，爸爸开着摩托车载着我和妈妈，去金鸡岭看病。吃药、打针、测体温、听心肺，除却这些让大多数孩子恐惧的事项，最让人记忆犹新的感觉，就是在医院像是在自己家，这里会有认识的叔叔阿姨和叔公姨婆医生给我看病。那种特殊的感觉，就是在自己熟悉的地盘特有的安全感。

"可惜的是，随着盐产量逐年下降，经济不景气，2013年，职工医院因难以为继，于是与黄流镇人民医院合并。原来医院里的医生好多都调去了黄流镇人民医院，之后大家看病都只能去黄流镇人民医院，或者是在新村内的小诊所或卫生站了。"

"你刚出生那会儿，父母就赶上了下岗、轮岗，家里人会和你说起这些经历吗？"

"我爸下岗后就去佛山打工，只剩我妈一个人照顾我，我妈每天下班后，把我从阿公家接回来，用背带把我背在她的后背，做家务，非常辛苦，后来我长大了一些，就去了幼儿园的学前班上学，幼儿园离我家就几十米远，每天上学几乎就是出门就到了。同学大部分都是跟自己一批的盐场子弟，小伙伴玩得可开心了。"

上了幼儿园的雷日明，那时候最期待的，就是放学了妈妈或爸爸能早早地把他接回家，但是往往爸妈下班时间比他放学时间要晚得多。因此这个几岁大的孩子就只能自己走回家，回到家乖乖地把铁门关好，把自己的两大箱旧玩具或者积木哗啦啦地铺满整个客厅，然后坐在这堆玩具最中

间，开始天马行空地摆弄，等待爸妈下班。每次总是要等很久。"我不止一次地问过爸妈，为什么你们这么晚才下班？为什么不能陪我玩一会儿？但是每次得到的回答都是，不上班就没钱给我买吃的等诸如此类的话。这便是我对爸妈工作最初的印象。终于有一次，我爸兴奋地跟我说，他要去单位做点事，顺便带上我去逛逛，我很高兴地跟他去了。这是我第一次在工地上接触跟父母同辈的盐二代们。当时我爸也就是三十出头的年轻人，那些叔叔们那时候正是年轻力壮的时候，他们穿着深紫色或蓝绿色工服，皮肤黝黑，靠近他们，隐隐地嗅到他们身上的机油味或是铁锈味，再者就是汗臭味。

"后来我才知道，盐场工人，无论是做什么的，皮肤都偏黑，因为日照太强了，空气中满是高强度的紫外线，他们上班还要穿着深紫色或蓝绿色的工作服，这是盐场工人特有的服装。还有一些像我爸这样的电工、修理工，要处理故障修理设备，他们都是要与各种机器零件接触的，所以身上难免带上这些味道。我爸在我印象里，他当修理工的时候，经常弄得自己脸上、手臂上、身上都是脏脏的划痕污渍。后来我也不止一次跟他到车组里，看着他摆弄各种仪表、各种工具零件。在我印象里，没有他修不好的东西。他也会边工作边看着我嘻嘻地笑，我知道那一刻的他一定很有成就感，很开心。

"第一次感受到爸妈工作的辛苦是发现我爸的工作多了

　　一项'背包',简单地说就是把盐装到米袋大小的编织袋内,由人工搬运到火车上,通过穿插在盐田中的一条条铁路,最终运往盐精制厂,再人工卸下。这个人工搬运盐包的过程叫做'背包'。需要把几十公斤重的盐包扛在一侧肩上或颈背部上,再搬上卸下。由于长期劳作,背包的人有不少都有腰病,而且还有高低肩、肩周炎,因为长期的大重量负重对腰椎会造成伤害。而长期一侧负重,会使得这一侧的肩膀肌肉组织增厚变硬,以抵御盐包的压力和磨损。我爸有腰伤和肩周炎,每次背包前后,都要我给他的腰部和肩膀擦拭活络油疏通筋骨。每当给爸爸擦完油,我都会把小手来回搓热,捂在爸爸腰上,嘴里嘟囔着加油快点好、加油快点好。虽然不知道我那小小的愿望是不是能实现,但是每次我都喊得很大声、很虔诚。体验妈妈的工作就不一样了。我不止一次跟着我妈下盐田去玩，骑上单车要好几公里，跨越好几条铁路，深入盐田腹地，所见都是方方正正的盐池和堆堆坨坨的盐山。我妈拿了盐耙以后，就下去池子里推盐了，留我在坨地上自己玩耍。盐田里都是平原般的盐池，几乎没有建筑物。这里的风很大，而且地方宽敞，所以我在这里可以肆无忌惮地奔跑，也可以在铁路上捡石子玩，然后看着我妈推着沉沉的盐耙来回地在池子里走来走去。一次我不小心掉到了一米深的坑里，坑里满是从盐池渗出来的卤水。当时我衣服全湿了，吓得哇哇大哭，妈妈赶紧把我从坑里提出来。我全身上下都是卤水咸味，后来回家洗澡才洗干净。在这种环境下工作，妈妈怎么能不被晒黑？怎能不对健康造成危害？"

跟着爸妈去工作的体验，一直深深印刻在雷日明的回忆中。

"我自豪，走到哪里我都是盐三代"

"在盐场，说起雷家的人，大家都熟悉，都很称赞，这是为什么呢？"

雷日明陷入了沉思。这个20岁的年轻人，大学毕业后留在了广州工作。

"我觉得之所以很多人都知道我们家，大概是因为我们家族人口比较多。爷爷奶奶、外公外婆当时都是盐场建设的第一代。爷爷和外公同是战友和工友，奶奶是盐工，外婆则是盐场职工子弟学校教师。加上我爸爸弟兄三个，我妈娘家几个兄弟姐妹，我们祖籍又都是广东人。当时在盐场，像我们家这样规模的也不多，况且雷姓在盐场，就我们一家，容易记得住。

"我爷爷在职时是莺歌海盐场运盐车组的一名电工、修理工，退休后在家做自行车、家用电器的修理生意。他待人

▼矗立在盐田尽头的《奋斗》主题雕塑

和气、做事踏实，修理质量好、价格低，在附近小有名气。外公是莺歌海盐场动力厂的车床技术工人，那个时代车床加工部件全都是靠着老师傅亲手操控机器加工而出，外公就是这样一位技术高超、精益求精的车床师傅。听我妈说，有些厂外的人特意慕名来找外公车工部件，直到现在家里还存放着许多外公车出来的铜器、铁器、木件。"

雷日明的爷爷和外公在盐场都算是有一技之长的技术工，所以即使退休多年，也依然能用技术之长服务周边的工友和乡亲。雷日明说他还是很骄傲的，从小在这样的家庭里成长不仅仅感受的是爱，还有来自周边邻居的羡慕和尊重。

首先是我爷爷、外公喜欢帮助别人，再有就是我阿婆虽然只是一名盐工，但是她为家庭作出的牺牲令人尊重。她把我爸爸弟兄三个当作亲生儿子一样对待。我外婆是盐场职工子弟小学语文教师，盐场和周边村里有不少叔叔、伯伯、阿姨都是她的学生。后来在我长大后，每当别人提起外婆总是会恭恭敬敬地称呼一声"邓老师"，印象中外婆就是"温良恭俭让"的传统女子，总是带着框框眼镜在批改作业，亲切和善，是典型的人民女教师形象。

"你觉得盐一代对你的影响体现在哪里？"

"我爷爷奶奶、外公外婆，只是盐一代其中的代表而已，是他们把杂草丛生的荒地，一铲一铲地挖，一簸箕一簸箕地挑，一步一步地走，一平方米一平方米地开拓，才建成了盐场。他们从无到有，是真正意义上的拓荒者、创造者。我也想到了我自己，我现在大学毕业不久，参加工作一年多，正是从零开始起步的阶段。在陌生的异地他乡，什么都没有，工作靠自己找，房子靠自己租，想想，我现在的情况挺像爷爷他们初来到莺歌海的时候。每次独自在外，也会遇到困难。伤心难过的时候我就会想，我现在处境比爷爷、外公他们刚来莺歌海的时候不知道好多少倍，他们都能扛得住，我为什么就不能？"

正是因为从小有着不服输的劲儿，雷日明一直成绩优

秀，当年以654分的成绩考取广东药科大学。在校期间多次获得奖学金，还曾是校学生会副主席，实习就业办负责人。他说目前工作一年多了，困难不少，特别是在外企做销售，从头做起，认识一个新的客户、培养一段新的关系，到最后得到客户认可，时间有长有短，客户也各式各样。关键在于坚持，踏踏实实地做好每一次拜访，保持为人处世的真诚，并保持一种开放、认真的处事态度。他坚信，做好了这些，自然不愁产品没有销路。

问起这种吃苦耐劳、乐观豁达的性格是否跟在盐场的成长经历有关时，他说："就是跟成长环境有关。盐场就是一个小型社会。虽然都是盐场人，却有不同岗位、不同分工、不同的工种，而林林总总又汇聚成了一种共同的能量，存在于一代又一代盐场人身上。我们盐三代虽然没有和父辈们一样选择在莺歌海盐场工作，但是莺歌海盐场是我从小生活成长的地方，也是我永生难以忘怀的故乡。离家奋斗，背负了太多期盼和梦想，每次想到年迈的爷爷奶奶、外公外婆和逐渐老去的爸爸妈妈，就会特别想家。妈妈快要退休了，爸爸也在不久前竞聘到盐场经警队副队长的职务，当上了管理者。每隔半年我都会回家一趟看看亲人。每次回家都能看到盐场的变化。在我外公当年工作的动力机械队旧厂址基础上，建成了党建基地和海盐文化馆。我进去看了很震撼，里面记录了前辈们艰苦奋斗的那段历史。我庆幸我出生和成长在这里，无论过去、现在和将来，我都始终记着自己是盐三代。”

这名盐三代总结说：“我自豪，走到哪里我都是盐三代，走到哪里都要开花结果！”

（滑东勤　采写）

莺歌海话盐

盐，是一种无色透明的立方晶体，有咸味，含杂质时易潮解。

盐，是人类生存的必需品，是人们日常生活中最普通的调味剂。

盐为百味之王，一颗颗小小的白色晶体，紧系着国需家用，承载着人类的悲欢离合。今天，在中国南部海边的莺歌海，海水经历美妙的"阳光之旅"变成盐的故事每天都在这里上演。潮起潮落之间，闪烁着莺歌海人的智慧和对美好生活的追求向往。

潮水涨落的自然馈赠，波涛变雪的人间智慧

盐起源于中国，古代称自然盐为"卤"，早在商周时期人们就已经开始用盐了。不过那个时候并不算真正的盐，而是卤水，所以在甲骨文中并没有"盐"这个字。伏羲时代人们从肉食为主逐步转变为以谷物为主，因为谷物没有像肉类

那样含有盐分，所以人们就产生了吃盐的独特需求，出现了像夙沙氏这样专门煮盐的部族。《说文解字》记载："古者夙沙初作鬻海盐。"不过商周时期，人们还不懂得怎么提取卤水中的盐结晶，所以只能用含有盐味的水来烹饪食物。自周朝后期开始，在没有提纯技术的条件下，通过简单的加热卤水，让盐自己析出形成结晶，诞生了粗盐。不过粗盐里面含有很多杂质，而且有些卤水里还含有大量的化学物质，所以品质很差。即便如此，从周朝后期起，皇帝设立了盐官一职，全国的盐调度归皇家直接安排，由此可见盐对生活的重要性，而这一传统一直延续到了现代。细盐出现在唐朝的后期，人们开始学会除去粗盐中的杂质，提炼出细盐，这就是我们现代吃到的食盐了。因为细盐的诞生，人类在食物的多

▶ 建场初期，工程师在查看试验盐田

样性上也有了很大程度的提高。

　　盐根据原料和来源可以分成：海盐、湖盐、井盐和矿盐。以海水为原料晒制而得的盐称为海盐，大海天然与阳光联系在一起，海盐的生产也普遍采用盐田天然日晒制法。由于制作工艺不同，海盐主要依靠海水天然蒸发而得，后期加工少，因而能够保存少量海水中的天然矿物质，形成了晶莹洁白、咸中带鲜、回味甘甜的特质和口感。

　　地处海南岛西南端乐东县的莺歌海盐场，巧妙地将气候、地理环境与制盐相结合，将古老、传统与大规模生产相结合，建设成了一片独具特色的南国盐场，闻名海内外。它依靠阳光和流动的空气、水分的蒸发，引导卤水流淌23公里，让海水饱和最终成盐历时至少29天，诞生了一颗颗莹白胜雪、咸甘鲜美的"银山"海盐。可以说盐的旅途，在地处中国海南岛最南端的莺歌海盐场，是名副其实的"阳光之旅"。

盐田万顷莺歌海，四季常春极乐园

　　莺歌海位于海南岛西南端，地处北纬18°，拥有极佳的地理位置和水源优势，靠近赤道，云层少，阳光穿透度高，日照充足。海南岛中部山脉向西（尖峰岭）延伸，如张开的臂膀拥莺歌海入怀，阻挡了来自东北的湿冷水汽，和来自东南的湿热水汽。这里洋流汹涌，海水交替频率高，海水含盐量长年保持在3.5波美度左右，是仅次于死海和红海，世界上最咸的海域之一。莺歌海及周边的开阔区域，终年高温，年均温度为25.2℃，年均日照约2354小时，年均降雨量为1114.9毫米，年均蒸发量达233.0毫米，连晴天长，常年蒸发量大于降雨量，加之莺歌海海湾连接海南三亚、东方两大旅游胜地，无重工业污染，海水水质好、清洁度好、悬浮物少，重金属物质含量低以及自然形成的砂砾质海岸，天然形成了绝佳的晒盐场地。

莺歌海，仿佛是上天为晒盐定制的坐落于海天之间的胜境。

经过前期的辛苦筹备，新中国的建设者们在当时大型机械极度缺乏的情况下，面对极度困苦的生产条件，头顶烈日，手挖肩挑，他们以"千锤万凿还坚劲"的攻坚精神，战天斗地勇开盐场，硬是把一个原来芦苇丛生、蛇蝎出没的海滩沼泽地建设成中国华南地区的第一大盐场。天气晴朗时，云破日出，成片的盐田宛如镶嵌在大地上的"天空之镜"，倒映出白云悠悠，银光闪耀；到了傍晚，片片盐田映出落日余晖与晚霞倩影，仿佛无数跳动的金色星星掉进了藏蓝色的天幕里，一轮弯月下一群归家的盐工缓步走过，谈笑风生，充满了诗情画意。

驱遣阳光充炭火，烧干海水变银山

　　《中国盐法通志》记载："盐之质味，海盐为佳，井盐池盐次之，海盐之中，滩晒为佳，煎盐板晒又次之。"莺歌海得天独厚的自然地理环境，为盐场采用天然日晒法制盐创造了极为有利的条件。涨潮时，海水通过纳潮口闸流入蓄水湖，经过初级池、中级池、高级池逐级滩晒，在阳光和风的

作用下，通过自然蒸发，海水浓度逐级升高，被浓缩成含盐量极高的卤水，卤水进入结晶区析出盐结晶，经传统工艺的纯天然手工自然滩晒，形成高品质的天然海盐。历经29天的长时间日晒，运用传统纯手工的松盐做法，生产过程未添加任何化学除杂剂，这就是莺歌海盐场出产的以纯天然海水为原料的高品质海盐。这种以传统自然的滩晒工艺出产的海盐拥有新卤日晒、清卤结晶、天然纯净、日晒充足、疏松速溶、鲜咸回甘的优质特点，可以说莺歌海盐场出产的海盐在真正意义上做到了纯天然、纯手工、纯时间酝酿，是真正的海洋"纯品"。

　　值得一提的是，海盐中又以老盐备受人们的推崇。老盐，一般指保存年份比较久，放置保存了几十年的粗盐。在老海南人的眼里，老盐品质极高，不易获得，是去火消炎的佳品。《本草纲目》中记载："大盐，气味甘、咸、寒，有解毒、凉血、润燥、定痛止痒之效。"民间认为，老盐具有祛湿驱寒、清热解毒、防暑降火、消炎止痛等功效，被中医界广泛用于理疗、康养等用途。

　　莺歌海盐场晒制的老盐，采用莺歌海海水为原料，在形成高浓度卤水后，需连续晒制历时100天以上，中间过程不能下雨，通常每年最佳晒制时间为3月至7月。晒制过程由经验丰富的操作人员准确把握卤水蒸发量、新鲜饱和度、结晶池卤水深度以及每日动卤（松盐）的最佳时间和次数等，老盐晒制完成后还需在坨地上沉淀5年，经过曝晒、风化减少盐中水分后转入高温仓库中存储。老盐由于长时间的曝晒和存储，使盐结晶中的水分降低，氯化钠的浓度升高达到95%以上，许多对人体有害的重金属离子也不断析出，最终结晶里保留了少许人体所需的微量元素。只有满足"纯人工、纯天然、时间酝酿"这三个条件，才算得上是真正意义上的老盐。因此，在莺歌海，老盐的制取可谓需要"天时"（天气连续晴热）、"地利"（绝佳的地理环境）和"人和"（纯人工滩晒）三者兼备，耗时耗力，以确保获得品质绝佳的老盐。

　　老盐在保健康养方面使用较为普遍。比如，老盐与艾草混合后炒制热敷在关节、颈椎处，可有效缓解关节处慢性疾病、有祛风湿、加快排出体内湿气的功效，助眠安神，放松身心；或是通过内服，缓解各种肠胃疾病，消炎杀菌。盛夏时节，海南本地常饮冰镇老盐柠檬水，冰爽甘甜，生津开胃，缓解疲劳。

少吃盐，吃好盐，好盐就选莺歌海

在莺歌海翻滚的波涛中，阳光与风伴随着四季轮转，在潮汐涨落之间，向人们诉说着一颗盐如何通过"阳光之旅"完成的华丽转身。而一片片在阳光下泛着银光的盐田，则讲述了当年莺歌海盐场的建设者以及他们的后辈们，在这片3793.6公顷的盐田上，承前启后、坚守拼搏，挥洒青春和热血的故事。60多年的岁月涤荡，莺歌海盐场也在历经建场、辉煌、落寞后迎来多元化的发展和转型，正在焕发出新的生机与活力。这里出产的每一袋海盐，将向人们讲述当年共和国百废待兴发展盐业，努力改善和提高人民生活水平的初心，也将继续记录一代又一代的莺歌海人在新时代牢记使命、继往开来的新故事。"不忘初心、牢记使命、艰苦奋斗、自力更生"的莺歌海艰苦创业红色记忆将在一代又一代青年人的血脉中得到赓续和发扬。

随着时代的不断进步，人们提出了"减盐少油"的时尚健康饮食观，对盐的品质要求也越来越高，种类选择也越来越丰富。莺歌海盐场将紧跟时代步伐，不断提升海盐出产的品质以及盐产品的附加值，为"银山"牌海盐赋予新时代的活力。"少吃盐，吃好盐，好盐就选莺歌海"的理念将伴随着莺歌海人继续向前，奋斗不息……

（王誉萦　整理）

后 记

"盐田万顷莺歌海，四季常春极乐园。驱遣阳光充炭火，烧干海水变银山。"在海南岛西南端的大海边，万亩盐田银光闪耀，清波渠道纵横有序。北边的岩礁、山岭犹如天造地设的屏障，挡住了吹来的风，冲来的浪，使这里的新月形海湾水面如镜。中国三大盐场之一的莺歌海盐场就坐落在这风景如画的山海之间。如今，在这山海之间不仅有阳光闪耀的千顷盐田，更有一段阳光下奋斗的历史，以及一帮阳光下坚守奋战的人。

千锤万凿还坚劲，战天斗地开盐场。1954年8月，在广东省第一届人民代表大会上，海南岛崖县代表提出开发莺歌海盐场的提议。1955年，中央人民政府将莺歌海盐场纳入国家建设项目，并成立了筹建处和"土地征用委员会"。自此，莺歌海盐场的建设拉开序幕。

1958年初，政府调集大量干部、民工和转业、退伍军人，集中开展工程建设施工。施工队伍以中国人民解放军某部队退伍转业的5600多人为主，当地民工为辅，总人数9200人，组成5个施工工程队，热情高涨奔赴各个建设场地，开展各种大小"战役"和劳动竞赛。建设者们双手挖土、推车、伐木，双肩挑土，肩膀磨烂了，结痂接着干；扁担挑断了，钢条替代继续干。其热火朝天的情景，从当年喊出的口号"大雨小干，小雨大干，无雨特干"中亦可窥见一斑。

1961年，施工队建成了初级池、中级池、高级池、结晶池等系列生产区域，修建了排洪、防洪、蓄水、沟渠河道等辅助系统，以及铁路专用运输线、动力电站、动力线路等配套工程。1976年经国家批准，盐场又进行了续建，完成投资1394万元，完成施工土方190万立方米。

在那个火红的年代里，逾万人的建设大军以人拉肩扛的传统方式，吃野菜、吃糠饼，毫不畏惧，以一当十、十当百的干劲奋斗在烈日下，用极大的建设热情克服了重重困难，经过20多年的建设，把原来芦苇丛生、蛇蝎出没的海滩沼泽地建成了一个盐田总面积达3793.6公顷，生产面积达2823.6公顷，铁路直达盐结晶区，中国南方地区规模最大的盐场。

千淘万漉虽辛苦，吹尽狂沙见白金。1958年10月，莺歌海盐场试产，同年12月第一次正式投产就产出3000吨盐。经过最初几年的建设和试生产运行，盐场的年产量于1966年超过了10万吨，1988年盐场产量达到32万吨的历史最高产量，此后除个别年份，基本保持着超过10万吨的年产量。

1987年，莺歌海盐场年产量约占广东省盐产量的60%。1988年海南建省时，莺歌海盐场的年产量达27.1万吨，占海南全省的72.23%，占中国南方5省盐区总产量的11.29%；产值占海南全省盐业产值的70%，上缴盐税占海南省盐税收入的62.2%，上缴的利税占盐场所在地乐东县同年财政收入的65%，占海南全省工业税收的10.14%。从1959年试生产到2000年，莺歌海盐场累计生产原盐586.36万吨，上缴利税共3.24亿元，为国家建设投资的7倍多。

由于莺歌海盐场具有得天独厚的自然条件，加上周边没有工业生产的污染，海水水质好，含盐量高，保证了盐产品的质量。所出产品除原盐外，还陆续推出了日晒细盐、日晒脱水优质盐、腌制用的中粗盐、粉洗精盐等多个品种。1984年莺歌海盐场的日晒优质盐产品被评为轻工业部和省级优质产品，1985年又获轻工业部行业评比第一名。1985年获国家三级计量标准合格证书，1986年获广东盐务局颁发的全面质量管理合格证书，1987年获"质量管理先进单位"称号，同年获国家二级计量标准合格证书。1996年取得全国食盐定点生产许可证，2005年10月又通过国家发改委委派的食盐定点生产企业质量技术规范评审专家小组的审核换证验收，成为全国97家食盐定点生产企业之一。除了满足海南本省需求，莺歌海盐场的产品还销往国内其他省份，出口东南亚国家及日本、韩国等国家，为当时国家经济建设作出了巨大贡献。

市场经济低迷。中国改革开放之后，计划经济开始向市场经济过渡，盐业生产和销售也由国家计划管理开始面对市场的挑战，莺歌海盐场在此过程中，遭遇到生存和发展的一系列问题。

首先遇到的是价格方面的问题。改革开放之后搞活市场，部分产品价格放开，但盐价一直受政府部门控制，与一些相关产品的价格出现了严重失衡。例如，1980年广东省规定的盐价是38元/吨，1986年调整至96元/吨，而莺歌海盐场当时的生产成本是50元/吨，周边的规模较小的盐场更是达到了70元/吨，每吨原盐利润只有26元—46元。而当地的食盐零售价却达到了360元/吨，除去各种成本，商业部门每吨食盐便可获得利润超过90元。如果用工业盐做原料生产烧碱，价格为1200元/吨，当时的议价则更是达到了2400元—3000元/吨。由于价格体系不合理因素的存在，盐价过低导致盐场生产利润低，无法进行扩大再生产。相应地，员工收入过低也影响员工的积极性。这些都直接影响到了盐场的生产及产量，产量低下就无法创造更多的利润，形成了恶性循环。

莺歌海盐场也曾尝试通过生产其他产品来摆脱困境。自20世纪70年代起，盐场就开始探索生产其他相关产品。1971年建成年产氯化钾400吨规模的化工车间，1975年又筹建年产氯化钾1500吨规模的化工厂。后受1979年国民经济调整、整顿政策影响，化工厂因技术、能源、原料卤水和淡水不过关，1980年被迫停产。1986年莺歌海盐场利用原化工厂房，兴建粉洗精盐厂和氯化镁厂。1988年又筹建年产溴素300吨的车间，利用中级卤水吹溴。但粉洗精盐销路不畅，1990年停产；氯化镁厂和吹溴车间因技术不过关，时产时停，效益不佳，并造成一定的经济损失。

另外一个产生重要影响的问题是管理体制。改革开放初期，盐场归广东省盐务局管理。针对社会物价上涨，盐价长期偏低，盐业产销企业经营困难的矛盾，广东省盐务局对食盐零售价和批发价进行了多次调整，对原盐出场价、收购价也作了两次调整，使得盐业生产利润有所提高。1985年8月成立的莺歌海盐业公司，负责海南全岛原盐生产、分配、销售和集体盐场产盐的收购管理，新公司对省公司实行盈亏包干，国家财政不再投入，企业自主运营。在此期间，改制后的莺歌海盐业公司展现了良好的发展势头，投资对盐场进行了设备改造，推进摆脱产品单一化的尝试。可惜好景不长，随着1988年海南建省，莺歌海盐场改归新建的海南省盐务局管理，产品销售开始面临广东盐场的竞争和地方保护主义的影响，阻遏了莺歌海盐场的发展势头。

2000年之后，莺歌海盐场的盐业生产长期徘徊在较低水平，特别是近些年来，年产量基本维持在3万吨左右。盐场长期处于亏损状态，没有资金进行生产设施设备维修和更新改造，也没有资金进行生产隐患治理。盐场没有积极性提高产量，2014年竟然出现了海南省内食盐供应不足，省盐业公司从省外大量调进食盐供应市场的情况。所在地政府部门甚至一度考虑过关闭莺歌海盐场的建议方案。

在市场经济发展的冲击之下，莺歌海盐场生产面积减少、年产量逐年下降，盐场面临着新形势下生存和发展的严峻挑战。年久失修的破败建筑、残破的道路、废弃的厂房、布满锈蚀的铁轨在时代变迁中保持沉默，透露着岁月的沧桑和对现实的无奈，过去的辉煌已成为一段往事珍藏在盐场职工的心中。

雄关漫道真如铁，而今迈步从头越。经历了发展的低潮，盐业体制改革后，海南省发展控股有限公司接管莺歌海盐场，与中国盐业总公司、海南省盐业集团联合在莺歌海投资建设高端食盐生产基地、加工中心，培育食盐品牌，打造高、中、低不同档次的食盐产品，提升盐产品的附加值。同时深入挖掘艰苦奋斗的盐场精神，打造集红色文化、民宿、培训教育等为一体的盐文化旅游项目——海南控股莺歌海党建文旅基地。

在盐场，昔日的厂房变身展示馆，老式大型发电机向游客展示盐场的奋斗史；全智能化的住宿条件，让游客有舒适的旅行感受。未来莺歌海党建文旅基地将以党建为引领，文旅融合大力传承弘扬盐场精神，打造"红色文化旅游"的3A级景区和党建培训基地，推动盐场多元化发展和转型升级。

盐三代成为莺歌海党建文旅基地海盐文化馆的讲解员，自豪地向游客介绍盐场的前世今生。无论时光如何变幻，洁白的莺歌海海盐依然代表着奋斗、坚守与不忘初心。

从1958年年底生产出第一批盐到现在，已经过去了一个甲子多的时光。在这一甲子多的时光里，莺歌海盐场有过辉煌的历史，有过落寞的岁月。60多年的风雨兼程，从荒地变银山，沧桑变迁，岁月涤荡。时光隧道里，年代久远的火车向着铁轨方向，似乎正在演绎着当年的奋发场景，也一直演绎着当下奋发的场景。莺歌海人不仅用汗水换来了雪白的海盐，还给后人留下了宝贵的精神财富。一片滩的四个时期，一群人的热血青春，莺歌海的传奇在继续，艰苦创业的精神在继续……

最后以李士非诗作致敬这片滩涂上的创业者们——

歌颂莺歌海人

海水，

由蓝变成白，

你的头发，

由黑变成白。

大海啊，

后浪推前浪，

你的儿女紧紧跟上来！

说不清，

大海像你，

还是你像大海……

（易琳雅　执笔）